TIME TUNER
시 간 의　조 율 사

시간을 연주하라!

TIME TUNER
시 간 의   조 율 사

시 간 을
연주하라!

김재길 지음

도서
출판 더 로 드
The Road Books

추천의 글

다음세대들과
함께 읽고 싶은 책

벨국제아카데미 교정을 들어서면서 보이는 첫 번째 캐치프레이즈는 "꿈꾸는 자가 오는 도다!"입니다. 다음 세대를 살리려는 시대적 사명을 엿볼 수 있는 말이지요.

저자는 벨과 함께 긴 여정을 동행 해 왔습니다. 그는 오직 청년을 살려야 한다는 열정의 소유자였으며 예배사역과 코칭사역으로 많은 청년들을 세워왔습니다. 그러던 중, 시간의 조율사라는 특별한 모습으로 찾아왔습니다.

인간은 시간과 분리할 수 없는 존재입니다. 시간과 함께 시작하여 시간으로 귀속되는 존재입니다. 특별히 다음세대를 살리기 위하여, 대안교육사업을 진행하는 동안 학부모, 학생 그리고 교사들은 시간의 틀 안에서 자유롭게 자신의 꿈을 향해 나아가는 일에 정성을 기울여야 만했습니다.

시간관리가 아니라 시간의 조율은 모두가 행복한 삶의 여정을 살도록 돕는 데 충분한 도구가 되고 있습니다.

최근에 장래 희망을 묻는 설문 조사에서 많은 청소년이 "건물주가 되고 싶다."라고 답했답니다. 잘나가는 부모의 재산 물려받아 이자 받아먹고 살아가는 것이 꿈이 되어버린 무능한 세대들이 된 것 같아 슬펐어요. 물론 일부이겠지만요. 벨 26년의 역사가 흐르면서 교육 신조가 다시 새로워졌어요. 성경 교육을 통해서 "밥 먹고 살아가는 하나님의 사람 만들기"입니다. 짧은 인생이잖아요.

시간을 조율할 줄 아는 청년, 그래서 시간을 연주하는 행복한 사람을 세우려는 저자의 간절함에 동의하며 같이 동역할 수 있어 기쁩니다.

이홍남 / 벨국제아카데미 교장

『성경교육이 세상교육을 압도한다.』의 저자이며 다음세대에게 꿈을 심는 벨국제아카데미의 교장을 역임하고 있다.

추천의 글

아름다운 노래처럼 인생을 살고픈
이시대의 대학생과 나누고 싶은 책

시간 관리의 시대가 끝나고 시간 조율의 시대가 되었다. 시간을 획일적이고 논리적으로 관리하는 대신 융통성 있게 우선순위가 높은 소중한 것을 중심으로 조율하자. 악기를 조율하여 아름다운 연주를 하듯이 시간을 조율하여 의미 있는 삶의 플레이어 즉 시간 플레이어가 되자.

오래전부터 교회와 대학 캠퍼스와 일터에서 청년들과 많은 시간을 보냈다. 그런 저자는 국내에 코칭이 소개되던 초창기부터 코칭을 배우고 현장에서 많은 청년들을 만났고 그 중의 핵심 인력

들을 코칭했다. 마치 예수님께서 제자들에게 질문하고 경청하고 공감하셨던 것처럼... 코치로서 저자가 청년들에게 가장 먼저 던지는 주제는 시간관리가 아닌 시간 조율이다.

너무 애쓰지 마라. 너무 완벽하려고 하지 마라. 모든 것이 괜찮다. 목표가 없어도 완벽할 수 있다. 내 인생의 지휘자가 되자. 낡은 악보는 버리자. 자신의 성격대로 시간을 조율하자. 4차산업혁명과 코로나 팬데믹의 소용돌이 속에 놓여있는 청년들에게 저자는 고정된 시간관리라는 낡은 악보가 아닌 시간의 조율이라는 새로운 악보를 제시한다. 저자는 따스한 이야기와 더불어 저자는 자신이 직접 촬영한 사진을 성경 말씀과 더불어 선물한다.

이 땅의 청년들은 세상의 세뇌에서 벗어나야 한다. 시간 조율에서 일어나는 불협화음은 다른 사람이 아닌 바로 자신에게서 비롯된다. 자신이 누구인지 그 정체성과 성격을 깊게 탐색하고 자신답게 살아가는 연습을 시간 조율의 방법으로 증명하자. 오늘 하루가 힘겹고, 현실이 암담하고 미래가 불안한 청년들이라면 저자가 들려주는 시간 조율사가 되는 이야기에 귀를 기울여보길 바란다.

박정길 / NLP전략연구소장

『교실 안팎에서 인지 잠재력을 깨우는 연결학습』을 비롯하여 다수의 책을 집필하고 NLP강의와 코칭을 통해 잠재력을 깨우는 일에 매진하며 NLP전략연구소 소장을 역임하고 있다.

프롤로그 prologue

눈 뜨고 일어나면 뒤집힌 세상이 눈앞에 펼쳐진다. 한마디로 급류 한가운데 고무보트를 타고 있는 상황이다. 한눈팔 사이 없을 정도로 세상은 급변하고 있다. 보이는 것은 휘몰아치는 물살과 보트를 파괴할 듯 부딪치는 물보라뿐이다. 어디로 가야 할지, 지금 내가 해야 할 일이 무엇인지 알 수 없다. 어디로 가야 할지도 모른 채 거침없이 흐르는 물살에 떠밀려 흘러가고 있을 뿐이다.

고등학교를 졸업하고 대학에 들어가면, 한시름 놓고 자신을 정리해 볼 수 있으리라 생각한다. 희망과 기대감으로 가득 찬 상태로 말이다. 그런데 누구도 가르쳐 주지 않았다. 거침없이 흐르는 급류뿐이라는 것을, 모든 것이 그냥 꿈에 불과했다.

대학에 재직하는 동안 만난 수많은 청년의 상태가 이랬다. 지금의 대학생은 더욱 심각한 상황을 겪고 있다. 긍정적인 동기부여를 주는 수많은 책이 발간되었지만, 근본적인 해결방안을 주지 못한 채 감성에 매달리고 있다.

이런 현상이 무한 반복되는 원인은 무엇일까? 정치·경제·사회·교육정책이 문제다. 게다가 가정교육의 문제도 자유로울 수 없다. 그렇지만 그들만의 문제라고 말하는 것은 그저 핑계일 뿐이며, 책임 전가에 불과하다. 그렇게 치부하면 마음은 쉽고 편해진다. 나의 책임이 아니게 되니까.

나에게 주어진 시간이 100세 시대를 기준으로 보면 절반이 지났다. 남은 시간이 많이 남았다고 할 수 있지만, 미래가 어떻게 작용할지 모르기에 이제 '시간'에 대해 책을 써야겠다는 마음을 감출 수 없게 되었다.

사람이 대가 없이 받는 것 중의 하나는 '시간'이다. 시간은 특별한 힘을 지니고 있다. 시간의 힘을 잘 활용하는 사람이 있는 반면, 잃어버린 시간 속에서 방황하는 사람이 훨씬 더 많다. 그래서 리더십 분야의 저명한 인사는 시간을 '관리'의 차원으로 접근한다. 시간을 어떻게 사용해야 하는지, 무엇이 중요한 것인지, 어떻게 지혜롭게 사용할 것인지에 대해 다양한 아이디어와 성공의 길을 제시했다. 수많은 독자는 환호하며 시간 관리에 뛰어들고 결국 그 시간 관리의 늪에서 헤어 나오지 못한 채, '몰라, 원래 다 그런 거야'라고 체념에 빠졌다.

대학생은 어떤가? 지금까지는 학교와 가정에서 짜 놓은 시간표에 온전히 자신을 맡기고 살았다. 시간 관리가 특별할 필요가 없다. 정해진 시간표를 따르기만 하면 된다. 그렇게 약 20년 가까이 살았다. 이 습관이 그들의 정신과 육체를 완전하게 지배하고 있다.

"다섯 마리 원숭이를 한 실험실에 모아 놓았다. 중앙에는 사다리가 펼쳐있고 그 꼭대기에는 잘 익은 바나나 한 손이 올려있다. 천정에는 사다리에 올라타는 순간 스프링클러가 자동으로 작동되게 설치되었다. 원숭이는 망설인다. 한 마리가 참지 못하고 사다리에 올라갔다. 차가운 물이 뿌려진다. 혼비백산하는 원숭이들. 시간이 지나고 또 다른 원숭이가 사다리에 올라가려고 하자 모든 원숭이가 공격하는 상황이 발생한다. 결국, 어떤 원숭이도 바나나를 눈앞에 두고도 가지러 가지 않았다.

한 마리의 원숭이를 교체했다. 새로 들어온 원숭이가 바나나를 먹기 위해 사다리에 접근하는 순간, 차가운 물을 경험한 네 마리의 원숭이가 공격한다. 새로 온 원숭이는 이유도 모른 채 공격을 당했고 더 이상의 시도를 포기한다.

또 다른 개체를 기존 원숭이와 교체해 넣었다. 똑같은 상황이 발생한다. 결국 차가운 물을 경험하지 못한 원숭이만 남았는데도 동일한 상황이 계속된다. 어떤 원숭이도 바나나를 먹으려고 하지 않는다. 왜 그런지 모른다."

게리 하멜과 C.K. 프라할라드의 '시대를 앞서는 미래 경쟁 전략'에 소개된 한 실험 결과다.

우리도 마찬가지다. 동일하게 반복된 습관을 지닌 채 대학생이 되었다. 그리고 말한다. '몰라, 원래 그런 거야', '특별한 게 뭐 있나?' 이런 패러다임에 매몰된 대학생을 위해 나는 코칭을 배우게 되었고 적용했다. 새로운 변화의 바람을 보았고, 대학생을 위한 책을 써야겠다고 생각했다. 시간 관리가 아니라 시간 조율이라는 새로운 패러다임을 말이다.

이제 시간 관리의 시대는 끝났다. 시간 조율의 시대를 살아야 한다.

'관리'Management라는 개념은 이해하기 쉽게 다가온다. 이렇게 해서 저렇게 하면 이런 결과를 볼 수 있다는 논리에 빠져들게 만든다. 그러나 인생이 획일적으로 살아지는 것인가, 아니다 사람은 매우 유기적인 삶을 사는 존재이기에 모두가 똑같을 수 없다. 시대, 문화, 환경 그리고 상황이 급변하는 시대를 살고 있기에 단순히 관리라는 말로 시간을 논할 수 없다. 관리를 '조율'이라는 말로 대치해야 한다.

'조율'Tuning, 이 말은 단순하지 않다. 인생을 조율한다는 것은 시간 플레이어Time player가 되는 것을 말한다. 악기를 조율함으로써 아름다운 연주가 시작되듯, 시간을 조율함으로써 비로소 삶이 아름답게 살아지는 것을 의미한다.

시간 조율사Time-Tuner가 되는 것은 관리의 차원에 머무는 것이 아니다 복합적인 요소를 품고 있다. 악기를 조율하는 것이 본격적인 연주를 목표로 하듯, 시간 조율사Time-Tuner는 목적이 분명해야 하고 자신이 해야 할 일과 하지 말아야 할 일을 제대로 구분한다. 시간 조율사Time-Tuner가 되는 것은 우선순위가 분명한 사람을 말한다. 청년은 바람의 세대다. 바람이 어디서 불어와 어디로 가는지 알지 못하듯 좌충우돌한다. 자칫 에너지가 넘치는 듯 보이지만, 종잡을 수 없는 삶의 패턴은 자신이 원하지 않는 방향으로 이끌어 간다. 그래서 더욱 조율이 필요하다.

시간 조율사Time-Tuner가 되는 것은 10년, 20년이라는 장기적 안목도 매우 중요하지만, 진정으로 일주일을 가장 중요하게 여긴다. 일주일에 성공하지 못하면 10년도 20년도 보장받을 수 없기 때문이다.

후회 없는 삶을 선택하고 지금까지 살아온 삶의 보람을 되찾기 위해서라도 이제는 마땅히 해야 할 일을 할 때인 것이 분명하다. 그래서 나는 모든 대학생이 시간 조율사가 되기를 희망한다. 이제 '시간을 조율하는 법'을 배우고 행동한다면, 당신은 어떤 상황에서도 흔들림 없는 견고한 행복을 누리게 될 것을 믿는다.

김 재 길

목 차

제3장 목표가 없어도 완벽할 수 있다

제4장 시간을 조율하라

제5장 나는 시간을 연주한다

TIME TUNER

제1장

완벽, 그딴 게 어디 있어?

생각하는 대로 된다

'너의 생각이 뭔데?', '생각은 있는 거야?', '무슨 생각인지 모르겠다만 생각 좀 고쳐먹지!', '생각하는 대로 되니까 생각을 바꾸라고?', '어떻게 바꾸지?', '뭘 바꿔야 하는 건데? 힌트나 Tip 좀 줘보시지!'

"생각을 바꿔라." 말하는 사람은 쉬울지 몰라도 듣는 사람은 참 어려운 말이다. 생각을 바꾸라고 말했다가 심각한 저항에 직면할 때가 있다. 요즘에는 꼰대취급당하기 십상이다. 왜냐하면, 말하는 사람은 쉬울지 몰라도 듣는 사람은 이해되지 않을뿐더러, 혹여 생각을 바꾼다고 해도 지속해 왔던 라이프스타일이 바뀌는 것에 대한 불편, 두려움과 부담감이 강력한 저항으로 나타나게 된다.

생각의 전환은 강력한 동기부여 또는 자극이 찾아왔을 때 일어난다. 동기와 자극은 저항과 함께 오지만, 동시에 깨달음을 병행한다. 생각의 전환은 삶의 질과 결과까지도 변화시키는 강력한 힘을 가지고 있다.

어느 날, 정말 오랜만에 신혼 때부터 살아오던 집을 청소하기로 했다. 아이들이 성장했으니 대청소가 너무 늦은 건 아닐까? 거실의 소파를 옮겼다. 와, 엄청난 먼지 덩어리, 아이들이 가지고 놀던 잡동사니 장난감 파편과 온갖 잡다한 것들이 마치 자신의 소중한 아지트인 것처럼 한자리를 차지하고 있다. 이때 검은콩 하나가 눈에 띄었다. 언제 굴러들어 왔지? 족히 몇 년은 된 것 같다. 청소를 마치고 컵에 물을 담아 콩을 담가 놓았다. 얼마 지난 후, 몸집이 불어나고 씨눈이 발아하기 시작했다. 아, 이것은 생명의 신비다. 여전히 그 안에 생명이 있다는 것을 보여주고 있다. 소파 밑 어둠 속에 묻혀 있던 검은콩은 그냥 한 알의 콩일 뿐이었지만, 수분과 햇빛을 충분히 공급받아 내부로부터 변화가 일어난 것이다. 만약 내가 농부였다면, 밭에 콩을 심고 물을 주며, 하늘을 향해 100배의 결실을 기대하는 마음으로 농사짓지 않았을까?

이런 의미에서 나는 성경에 나오는 예수의 가르침 가운데 '겨자씨 비유'를 매우 좋아한다. 참새의 한 줌 먹이로는 간에 기별도 안 갈 만큼 작은 겨자씨, 농부의 손에 들려 밭에 심긴다. 후에 자라서 산을 덮는다. 오히려 새들이 집을 짓고 알을 품을 수 있을 만큼 거대한 성장이 일어난다는 이야기다. 겨자씨 안에는 생명이 존재하고 놀라운 잠재력을 품고 있다는 비유다. 비록 작지만, 생명력을 소유한 존재, 문제는 생명력과 잠재력을 깨워내는 것이다.

오늘 내가 숨을 쉬며 살고 있다면, 여전히 내 안에 세상을 움직일 거대한 생명이 존재한다는 것을, 작은 검은콩 하나에서 배우고 깨닫는다.

다음의 상황을 상상해 보라. 당신의 이야기일지도 모르니까.

매일 눈을 뜨면 학교에 간다. 회사처럼 출퇴근 카드가 없으니, 등교를 알리는 일은 도서관에 한자리를 차지하는 것으로 대신한다. 자판기에서 커피 한 잔 빼 들고 담배도 한 대 피운다. 몇 명이 모이면 컵 차기 하며 시시덕대다가 강의실로 내빼기 바쁘다. 시쳇말로 강멍 때리다가 학식으로 점심을 해결한다. 다시 강의실, 강멍 때리기 무한반복, 동아리 룸에 들러 후배들과 잡담, 도서관에 책이 잘 있는지 확인하고 저녁은 또다시 학식이다. 배가 부르니

커피라도 마셔야겠다. 후배 여학생을 붙잡아 커피를 강탈한다. 좋다고 웃고 떠들다가 이제 좀 공부해야지 하고 도서관으로 복귀한다. 어떤 날은 일찍 가방 싸 들고 당구장, PC방, 영화관, 커피숍에서 시간을 죽인다. 재수 좋은 날은 술 한 잔 얻어 마시고 친구 자취방에 몸을 구겨 넣는다. 그래도 정신 좀 있는 친구는 알바로 바쁘고 어떤 친구는 취업 준비를 위한 스펙 쌓기에 바쁘다. 무한 반복되는 매일의 일상은 결국 쳇바퀴 도는 다람쥐가 되어버린 듯, 착각에 빠지게 한다. 오늘 하루가 어제와 비슷하니, 대충 미래도 예측할 수 있지 않을까?

대충 여기저기 굴러다니다가 어린아이의 발에 차여 소파 밑으로 들어간 검은콩과 다를 바 없다. 어느 날 자신을 의식하게 되니 비참하다. 희망도 가능성도 없어 보인다. 어디서부터 시작해야 할지 감조차 잡을 수 없다.

생각이 결과를 낳는다는 말은 진리다.

사람들은 오래전부터 바이러스에 의한 공포사회를 경험하게 될 거라고 했다. 에이즈(HIV:인간 면역결핍 바이러스)는 일찍부터 인간 사회에 큰 이슈를 확장해 나갔다. 에볼라, 메르스 등 치명적인 바이러스가 등장한다. 급기야 바이러스에 의한 재난 영화가 만들어지면서 새로운 불안과 공포에 대비해야 한다고 주장했다. 그것이 2020년 현실로 찾아왔다. 코로나로 인한 팬데믹은 모든 인류에게 불편을 넘어 불안과 공포를 심어주고 있다. 모든 나라마다 코로나를 극복하기 위한 최선의 노력을 기울이고 있다. 그러나 그 노력을 비웃기라도 하듯 새로운 변이가 발생해, 그 노력에 찬물을 뿌리고 있다.

이뿐만이 아니다. 날로 급변하는 과학문명은 눈을 뜨면 새로운 세상을 이야기하고 있다. 혁명이 얼마나 빠르게 일어나는지 1-3차 산업혁명의 정점을 누리기도 전에 4차 산업혁명이 회자되고 있다. 4차 산업혁명의 주창자이자 WEF 회장인 클라우스 슈밥Klaus Schwab은 그의 저서 "4차 산업혁명"을 통해 "초연결성Hyper-Connected', '초지능화Hyper-Intelligent의 특성을 가지고 있으며, 사물인터넷IoT, 클라우드cloud, 등 정보통신기술ICT을 통해 인간과 인간, 사물과 사물, 인간과 사물이 상호 연결되고 빅데이터와 인공지능 등으로 보다 지능화된 사회로 변화될 것으로 예측된다."고 했다. 이렇듯 세상은 급변하고 있다.

누구나 말하는 것처럼 세상은 급변하고 있다. 중요한 것은 이 변화에 미처 대응하지 못한 채 다람쥐 쳇바퀴 돌리듯 살아간다. 열심히 사는 것 같으나 모든 것에서 정체되고 오히려 후퇴하는 삶을 살고 있다.

질문이 쏟아져 나온다.
'변화에 대응하지 못하고 사는 게 문제입니까?'
'그냥 평범하게 살아도 문제없잖아요?'
'비범함, 그딴 게 왜 필요한데?'
'진정으로 행복한 사회와 개인의 삶은 가능합니까?

미국의 사회발전 조사기구가 발표하는 사회발전지수 SPI Social Progress Index는 세계에서 가장 살기 좋은 나라 순위를 인용하고 있다. SPI는 자신들이 설정한 "사람이 먼저인 세상을 꿈 꿉니다."라는 사명에 근거하여 매년 설정하고 있는 목표를 활용해 국가의 삶의 질을 수치로 나타낸다. '인간의 기본 욕구', '기회', '웰빙', '환경의 질' 등을 세분화하여 평가하고 있다. 이 조사에 따르면 가장 살기 좋은 나라로 노르웨이가 1위에 뽑혔다. 최근 3년간 노르웨이는 가장 살기 좋은 나라로 세상에 인식되고 있다.

과연 이런 결과는 어떻게 가능했을까? 로렌 커닝햄Loren Cunningham(국제 예수전도단의 설립자)은 농장에서 일하는 스무 살 먹은 평범한 청년이었던 한스 넬슨 허그Hans Nielson Hauge를 그 시초라고 말하고 있다. 어느 날 허그는 "이 책은 삶의 모든 분야에 대한 해답이 있다네."라는 말과 함께 성경책 한 권을 선물로 받았다. 이 한 권의 책을 통해 극적인 변화가 허그의 삶에 찾아왔다. 이 단순한 사건은 후에 노르웨이 전체를 흔들어 놓은 허그 부흥Hauge Revival이 시작이었다고 한다. 그의 회심은 순간에 일어났지만, 조금씩 노르웨이에 변화가 나타났고, 현재에는 가장 살기 좋은 나라로 성장할 수 있게 한 씨앗이 되었다.

영국 웨스트민스터 성당의 지하묘지에는 영국 성공회 주교의 무덤과 묘비가 있다. 이 묘비에 새겨진 비문을 보자. "내가 젊고 자유로워서 상상력이 한계가 없었을 때, 나는 세상을 변화시키겠다는 꿈을 꾸었다. 내가 성장하고 현명해질수록 나는 세상이 변하지 않으리라는 걸 발견했다. 그래서 내 시야를 약간 좁혀 내가 사는 나라를 변화시키겠다고 결심했다. 그러나 그것 역시 불가능해 보였다. 내가 황혼의 나이가 되었을 때, 나는 필사적인 한 가지 마지막 시도로 나와 가장 가까운 가족을 변화시키겠다고 결정했다. 그러나 아아, 아무도 변화를 받아들이지 않았다. 그리고 이제 죽음의 자리에 누워 나는 문득 깨닫는다. 만일 내가 자신을 먼저 변화시켰더라면, 그것이 거울이 되어 내 가족을 변화시켰을 텐데, 그것의 영감과 용기로부터 나는 내 나라를 더 좋아지게 할 수 있었을 텐데, 그리고 누가 아는가, 내가 세상까지도 변화시켰을지!"

이 묘비문은 잔잔하게 사람들의 가슴속으로 파고든다. "나를 먼저 변화시켰더라면…" 모든 변화의 출발점은 나 자신으로부터다. 나를 제외한 어떤 변화도 그것은 욕망과 허상에 불과하다는 사실을 깨닫게 해 준다. 허그의 변화처럼 개인의 변화가 시작되는 곳에서 세상의 변화가 시작된다. 이런 변화는 생각을 바꾸는 데서 출발한다.

선배와 함께 신입생이 분명해 보이는 세 명의 남녀 학생이 나의 사무실을 방문했다. 선배는 이 친구들을 잘 지도해 달라는 부탁과 함께 세 친구를 떠넘기는 게 아닌가, 난감했다. 이 신입생들은 같은 동향, 같은 교회에서 자라온 사이다. 내가 근무하는 대학에 신입생으로 입학했다. 여학생은 사범대학, 두 남학생은 문과대학생이다. 나는 경찰서에서 조서를 꾸미듯 신원 파악을 마쳤다.

"대학에 입학하면서 느끼는 감정이 많았을 텐데 누가 말해 볼까?"

오랜 침묵이 사무실 안에 감돈다. 기다려야만 했다. 머뭇거리던 남학생이 먼저 입을 열었다. "사실 저는 중학교 때까지는 곧 잘했는데, 고등학교 때 좀 놀았어요. 성적이 그렇다 보니 여기까지 오게 됐고요." "사실 저 자신에게 실망하고 있어요. 어떻게 대학 생활을 해야 할지도 잘 모르겠어요." "제가 이 학과에 오게 됐는

데, 사실 수능과 내신 성적이 이 학과밖에 갈 데가 없었어요. 갈만한 학과가 없었죠."

"이 대학교에 입학한 게 실패한 걸까? 문제 많은 인생일까?"

지방 사립대학에 입학한 것이 인생에 실패한 거라면, 너무나 가혹한 평가다. 세상 말처럼 SKY 대학에 들어가야만 인재고 성공한 것인가, 인 서울만이 사람대접받는 것인가? 중고등학교 시절에 놀았다는 것이 저들을 평가하는 잣대라면 너무 가혹한 처사가 아닌가?

"선배님의 부탁을 떠나서 귀한 인연이 되었다. 내가 너희들의 코치가 되고 싶은데 괜찮을까?"
"네?"
"코치가 뭔데요?"
"한마디로 너희들이 대학 생활을 잘할 수 있도록 도와주는 거랄까?"
"아, 네!"
"그래, 엉겁결에 대답한 건 아니겠지? 지금, 이 순간이 제일 중요해, 지금의 결정이 4년 뒤, 대학 졸업의 질을 바꿀 수도 있거든, 다시 한번 물어볼게, 내가 너희들의 코치가 되는 것에 동의하니?"

"네!"

"좋아, 그러면 1학기 시간표 작성해서 나에게 제출해줘, 그리고 코치로서 몇 가지 부탁할 게 들어보고 동의 한다면, 서약서에 서명해주면 돼."

"첫째, 도서관 중심 생활할 것, 오전 7시까지 도서관에 도착, 자신만의 자리를 확보할 것"

"둘째, 동아리 활동하지 말 것, 하게 되더라도 2학기 이후부터"

"셋째, 생활비나 등록금에 문제가 없다면, 아르바이트 금지"

"넷째, 1학기는 고등학교 3학년 때처럼 학과 공부에 몰입할 것, 학과에서 전체 장학금 받을 것"

"다섯째, 매주 금요일 2시간 나에게 코칭을 받을 것"

세 친구는 나와 무료 코칭 계약서에 서명하고 대학 생활을 시작했다.

사람은 고쳐 쓸 수 없다.

기후변화로 인해 지구촌이 몸살을 앓고 있다. 도처에서 이상 기후로 인한 고통이 그 어느 때보다 심각하게 나타나고 있으니 어떤 설명이 더 필요할까? 나라마다 탄소 배출량을 줄이기 위한 특단의 대책을 발표하고 있다. 한마디로 지구를 고치자는 말이다. 해마다 급격히 늘어나는 재활용품 분리배출은 이제 선택이 아니라 필수가 되었다. 다시 말하면, 쓰레기 취급받던 재활용품도 제대로 분리배출하면 환경을 살리는데 일조할 수 있다는 말과 같다.

그런데 아무리 생각해도 문제는 사람이다. 모든 일의 중심에는 사람이 있다. 사람이 쓰레기를 양산하고 또 재활용품을 분리 배출한다. 탄소 배출량을 증가시키는 것도 사람이고 줄이는 노력도 사람이니 아이러니한 일이다. 비단 재활용품 분리배출만이 문제가 아니다. 일상 속에서 우리는 주변으로부터 이런 말을 듣고 살았다.

"쓸모없는 녀석", "제는 어디다 쓴데?", "그래서 누가 너를 써준다고 한다니?", "사람은 고쳐 쓰는 게 아니다."

정말 사람은 고쳐 쓸 수 없는 존재인가? 그렇다면 너무 슬픈 현실이다. 어디에 기대어 희망을 품어 볼 수 있을까? '아프니까 청춘이다'라는 말에서 어떤 기대를 찾을 수 있을까? 그냥 아플 뿐이다.

지방 사립대, 실력도 그저 그런 사람이다. 미래가 뻔해 보인다. 자신을 향한 사람들의 평가가 두렵다. 나는 고쳐 쓸 수 없는 존재인가? 가능성이 없는 걸까?

고등학생 A군의 이야기이다. 실업계고등학교 2학년 겨울방학 직전이다. 이 학교에 유일한 미모의 여선생님이 있었다. 담당 과목은 윤리, 2학기 마지막 윤리 수업에 들어와 수업 대신 토론을 유도했다. 녹색 칠판에 '우연이냐? 필연이냐?'를 쓰고 질문한다. "인생은 우연일까, 필연일까?" 학생들은 대체로 세 가지 의견을 내놓았다. 극소수의 학생이 우연과 필연을, 대부분은 우연적 필연을 주장했다. A군은 '인생은 필연'이라고 주장했다. 치열한 공방이 오고 갈 때쯤 선생님은 토론을 중단시키고 마지막 결론을 내렸다. "나에게도 정답은 없다. 자신이 선택한 인생관에 대해 책임을 지는 사람이 돼라." 선생님의 마지막 한마디가 A군의 마음을 온통 헤집어 놓았다.

인생이 필연이라면 나는 어떻게 살아야 할까? 무엇을 위해 이 세상에 존재하는가? 이 학교를 졸업하면 자격증 하나로 공장에 취업하거나 동네 골목길 전파상을 차리고 가전제품을 고치며 살겠지? 물론, 노동자나 자영업자의 삶을 비하하려는 의도가 아님을 밝힌다. A군의 삶에 어떤 의미와 목적이 있는지를 자기 자신에게 던지는 질문이다. A군은 2학년 겨울방학 동안 이 질문의 해답을 찾고자 온갖 노력을 기울였다. 마침내 초등학교부터 고등학교 때까지 기록한 생활기록부에 써진 자신의 장래 희망을 발견한다. A군의 생각이 바뀌고 의지가 바뀐다. 그리고 가장 치열하게 고등학교 3학년을 보낸다.

A군은 어떻게 되었을까?

누구나 알아주는 대학에 진학하지는 못했다. 물론 대학도 못 갈 실력이었으니 대학에 갈 수 있을 만한 성적을 받은 것도 다행이지 않았을까? A군은 지방의 한 사립대학에 입학했고 이후로 대학생과 청년들의 삶의 변화를 위해 헌신하는 라이프 코치로 거듭난다.

"사람은 고쳐 쓸 수 없다?", "NO" 사람은 고쳐 쓸 수 있다.

윤리 선생님의 한마디가 한 학생의 생각을 바꾸고 삶을 송두리째 바꿔버렸듯, 사람은 얼마든지 고칠 수 있다. 그것을 관장하는 것이 시간이다. 결정적 타이밍이다. 누구에게나 그런 순간이 찾아온다. 이 순간을 붙잡으면 변화가 일어난다. 실망하지 말아야 한다. 인생의 결정적인 순간을 맞이할 수 있기 때문이다.

후회는 반드시 있다

우리 대학에 입학한 대다수의 학생은 후회한다. '조금만 더 신중했더라면…', '좀 더 열심히 준비했더라면…'이라는 말과 함께 자신의 상황에 대해 불편한 감정을 숨기지 못한다. 최근 코칭을 받기로 서약한 세 명의 친구들도 마찬가지다. 모두 지나온 중·고등학교 시절이 후회스럽다고 한다.

왜 사람들은 후회할까?

첫째, 후회는 시간과 관련이 깊다.

'잃어버린 시간' 그 아까움에 아쉬움을 감추지 못한다. 열심히 공부하지 못한 것, 목적을 분명하게 하지 못하고 살아온 것, 당장 즐겁고 육체적 편안함만을 추구한 것, 좋은 관계를 놓친 것, 주변의 진심 어린 충고를 무시한 것, 이 모두가 잃어버린 시간이다. 그렇기에 사람은 '뭐, 뭐 했더라면'이라는 후회의 한숨과 눈물을 흘리는 것이다. 기억하자 시간은 절대적으로 내 편인 동시에 나의 적이 될 수도 있다는 사실을 말이다. 시간을 무시하는 함정에 빠지지 말아야 한다. 설사 모든 삶이 잃어버린 시간이었어도 괜찮다. 한없는 후회 속에 있어도 괜찮다. 중요한 건 지금이다. 지금에 집중하자.

둘째, 우리는 항상 미리 후회해버린다.

혹시 '후회 심리'를 아는가? 30% 할인 기간을 놓친 사람을 위해 20% 할인 기간을 제공하면 의외로 사람은 호응하지 않는다. 안 산다는 것이다. 왜냐하면 그나마 20% 할인을 선택했는데, 다시 30%의 할인 기회가 왔을 때 더 큰 후회를 할까 봐 그렇다고 한다. 이것이 '후회 심리'다. 즉, 이렇게 하면 저렇게 될까 봐, 저렇게 하면 이렇게 될까 봐, 아무것도 못 하고 전전긍긍하는 것을 말한다.

아마존 닷컴의 창업자이자 최고경영자 CEO인 제프 베조스 Jeff Bezos는 젊은 나이에 잘 나가는 월스트리트 금융회사 고위간부직을 때려치우고 아무도 알아주지 않는 전혀 새로운 분야의 사업에 뛰어든다.

"설사 실패하더라도 안정에 집착하다가 원하는 일을 시도조차 하지 않은 것을 더 후회하게 될 것 같다"

이것이 새로운 일 시도하는 원동력이 되었다고 한다. 즉 후회란 '행동함'에서 오는 게 아니라 '행동하지 않음'에서 온다는 것을 말한다.

경제학자 데이비드 벨David Bel과 그레이엄 룸스Graham Loomes, 로버트 수든Rober Suden은 1982년에 후회를 최소화하기 위해 효용이 적은 비합리적인 선택을 한다는 후회 이론을 발표했다.

이들은 조건 없이 200달러를 받거나 아니면 동전을 던져 앞면이 나오면 400달러를 받고, 뒷면이 나오면 한 푼도 받지 못하는 것을 놓고 어떤 행동을 하는지 실험했다. 대부분의 사람은 동전 뒷면이 나올 경우 느낄 수 있는 후회를 최소화하기 위해 200달러를 선택했다. 미래에 대한 불확실성 때문에 최소한의 후회를 선택한 것이다. 이것이 과연 지혜일까?

직전에 이야기한 A군의 스토리를 조금 더 말해보자.

그는 실업계 고등학교에 진학한 이유가 있었다. 초등학교 5학년 겨울방학을 신나게 보내고 있을 무렵, 아버지의 호출과 함께 청천벽력 같은 말을 듣게 된다. 당시 대학에 입학하는 누나를 따라 전학을 가라는 말씀이었다. 거절할 용기가 없던 A군은 방학이 끝날 무렵 소리 소문 없이 고향을 떠난다. 어린 나이에 시작된 객지 생활은 그의 삶을 흩트려 놓기에 충분했다. 급기야 중학교 1학년 1학기 말 즈음 전격적으로 가출을 감행했고, 일주일간의 가출 후에 복귀한 학교생활은 한마디로 엉망일 수밖에 없었다. 그저 그렇게 보낸 A군에게는 실업계 고등학교밖에 달리 진학할 학교가 없다는 담임 선생님의 이야기를 어머니와 함께 듣게 되었다. 후회도 감정도 없었다. 후회의 감정을 가질만한 어떤 것도 그에게 는 있지 않았다. 실업계고등학교에 합격했다는 소식조차도 기뻐 했으니 본능에만 충실했던 것은 아니었을까? 고등학교 2학년 말, 그의 마음속에 질문 하나가 불쑥 들어오기 전까지는 말이다. 질문은 후회를 끌어냈지만, 결국에는 생각을 바꾸는 동력이 되고, 주어진 시간에 대한 태도를 스스로 바꾸게 만들었다.

'청년을 위해 살아야지!'
'준비하자!'
'대학 가자!'
'법학을 공부할 거야!'
'누구도 나를 막지 못해!'

동·식물은 후회하지 않는다. 오직 생존만이 목적이기 때문이다. 때 되면 먹고, 잘 자고, 잘 싸면 그만이다. 그렇기에 인간 또한 동물처럼 살면, 당연히 후회할 것도 없게 된다. 사람이 정말 그렇게 살 수 있을까? 그렇다고 우긴다 해도 나는 안다. 그럴 수 없다는 것을. 설혹 알지 못하고 깨닫지 못해도 영혼 깊은 곳에는 존재에 대한 소중한 목적이 있기 때문에 결국 후회한다. 누구에게나 반드시 후회는 찾아온다. 누구에게나 오고 누구나 겪는 것이 후회라면, 후회는 결코 실패만을 의미하는 것도 아니라는 것을 인정해야 한다.

동서양을 막론하고 '후회'는 좋게 평가받지 못한다.

"후회해도 소용없다. 이미 엎질러진 물은 주워 담을 수 없다."
"후회는 바보들의 미덕이다." 이와 같은 속담처럼 '후회'는 어리석다고 생각한다. 당신도 이 말에 동의하는가?

후회는 오히려 건강한 사람의 몫이라고 할 수 있다. 후회는 반드시 오는데, 이 후회는 변화를 위한 강력한 질문과 해답을 제공한다. 그렇기 때문에 후회를 기쁘게 받아들여야 한다. 현재 당신에게 아무런 '후회'가 없다면 딱 두 가지다. 실제 완벽한 삶을 살았거나 완벽히 동물처럼 살았거나.

젠장, 또 졌다.

젠장, 또 졌다. 이제는 지는 게 일상인가? 내신도 지고, 수능도 지고 입시도 졌다. 그저 그런 대학이지만 새로운 마음으로 도전하고 싶은데, MT로 지고, 동아리에 정신 팔려 지고, 술친구와 어울리다 지고, 게임에 빠져 또 졌다. 나는 진정 루저에 불과한가?

실패의 연속이다. 또 졌다는 패배감에 온몸이 무겁고 힘겹다. 스스로도 실망스럽지만, 타인의 시선이 더 무섭게 느껴진다. 실패자에게 박수를 보내는 세상은 어디 없을까?

'일등만 기억하는 더러운 세상!'이라는 어느 개그맨의 대사가 인기를 끈 적이 있다. 경쟁을 부추기는 이 사회의 왜곡된 단면을 지적하는 개그맨의 대사를 들으며 많은 사람이 카타르시스 Catharsis를 느꼈을 것이다.

우리 사회는 일등만 기억하고 최고만 대우받는, 웃지 못할 관습에 젖어 있다. 장원 급제를 해야 했고, 명문대학에 입학해야 하고, 누구나 인정할 스펙을 쌓아야만 한다. 일류대학을 나오지 않으면 취직도 힘들지만, 승진은 더욱 더 힘들다. 일등 아니면 루저로 낙인찍힌다. 그러니 모두가 일등 되고, 최고가 되겠다는 신념에 안간힘을 쓰게 된다.

한마디로 지금 이 사회는 성공 신드롬에 빠졌다.

매사에 승승장구하는 사람이 있는가 하면, 하는 일마다 실패하는 사람이 훨씬 더 많다. 모두가 성공을 추구하지만, 매사에 성공하는 일은 쉽지 않다. 우리는 성공과 실패라는 이분법적인 평가로 재단 받아 왔다. 실패라는 두려움에 온몸이 구속되어 신음한다. 이혼율과 자살률이 OECD 국가 중 1위 자리를 굳게 지키고 있다. 이런 현상에서 누구도 자유롭지 못한 채 살아간다.

스포츠 경기는 물론이거니와 순위를 다투는 모든 일에서 진다는 것은 매우 실망스러운 일이다. 승자는 웃지만 패자는 웃지 못한다. 그래서 기를 쓰고 이기려고 많은 애를 쓴다.

2020 도쿄올림픽 여자배구 한국대표팀은 터키를 이기고 동메달 결정전에 올랐다. 국민은 환호와 힘찬 격려의 박수를 아끼지 않았다. 동메달 결정전에서 비록 브라질에 일방적으로 석패했지만, 모든 선수는 국민적인 뜨거운 격려를 받았다. 졌지만 이긴 것이다. 메달을 획득하지 못했지만, 마치 금메달을 받은 것처럼 박수와 환호를 받았다.

'무엇이 그토록 열광하게 했을까?'

국가대표 출신 해설위원은 "나는 기적이라고 생각하지 않고, 그동안 열심히 노력한 대가라고 생각한다." 국제배구연맹(FIVB)은 "김연경은 10억 명 중 1명 나올까 말까 한 선수"라고 칭찬하며 그의 리더십에 대한 극찬도 쏟아냈다. 그뿐만 아니라 스테파노 라바리니 감독은 "패배에 아쉬워하기보다 브라질에 축하를 해줘야 하는 상황이다. 오늘은 졌지만, 다음 경기에선 좀 더 깊이 생각하고 준비하겠다."라며 패배를 인정하는 모습을 보였다.

'또 졌어?'
'그것밖에 안 되는 거니?'
'그러니까 하라고 할 때 열심히 했어야지!'
'도대체 언제 제대로 된 모습을 보여줄 거야?'
'그러다 인생 완전 실패다!'

이렇게 말하지 않았다. 기적이라 하지 않고 최선의 결과라고 한다. 실패했지만 다시 도전하겠다고 한다. 지는 중에도 최고의 리더십을 보여줬다고 칭찬한다.

생각을 바꾸면 꼴찌에게도 박수를 보낼 수 있는 세상이 오지 않겠는가?

우리는 가장 가까운 데부터, 사람과 현상을 대하는 인식을 바꿔야 한다. 그래야 조금은 기대서 희망을 품고, 다시 일어설 수 있는 용기를 주기도 하고 또 가질 수 있다.

"괜찮다. 여기까지 온 것도 기적이다."

"최선을 다한 결과야, 박수받기에 충분했어, 잘했어!"

"또 졌다고? 괜찮아 다시 하면 되지, 무엇을 도와줄까?"

성인군자의 언어생활이 아니다. 지금 당장 우리도 사용할 수 있고, 사용해야 하는 말이다.

세상에는,
같은 종류의 나무는 있어도
같은 모양의 나무는 없다.

충청북도 보은군 탄부면 임한리 솔밭공원, 2020-02-13 오전 7:36, 작가 · 김재길

애쓰지 말고 힘쓰지 말자

"코치님, 코칭 받은 후로 대학 생활이 너무 힘들어요. 안 하던 짓 하려니까 그런가 봐요." "이런, 많이 힘들었나 보구나? 어떤 면에서 힘들었는지 구체적으로 말할 수 있니?" "젤 힘든 건요. 교복은 벗었는데 다시 고3처럼 생활하니 자유가 없어요." "시간이 너무 빡빡해서 정신이 없어요. 낭만도 없고 친구들과 어울릴 수도 없는 게 슬퍼요." "도서관에 있긴 있는데, 뭐부터 해야 하나 고민만 하다 보니, 아무것도 손에 안 잡히고 그냥 헛수고처럼 느껴져요."

세상에 누가 애쓰고 싶겠는가? 힘들이지 않고 편안하게 살고 싶은 게 사람의 욕망이다. 지속적인 편안함을 추구하는 것이 사람의 본능이다. '흔들리지 않는 편안함'을 강조하는 광고 카피처럼 침대조차도 흔들리지 않아야 한다. 이런 욕구는 자연스러운 현상이지만, 모든 일이 만만치 않기에 힘을 써야만 한다. 꼭 육체적인 것뿐만 아니라 정신적으로도 말이다.

그러면 애쓰고 힘쓰는 사람은 누구일까?

하나, '척하는 사람'이다.

세상에서 제일 겁 없고 무서운 사람이 아는 척, 있는 척하는 사람이다. 그들은 실제로 아무것도 가진 게 없다. 실력도 없고 실속이 없다. 있는 것처럼 보이려고 애쓰니, 목소리가 크고 행동이 매우 거칠다. 한마디로 허장성세虛張聲勢다. 그렇게 사는 본인은 얼마나 힘들겠는가? 한마디로 겉멋이 잔뜩 들어간 사람, 바로 애쓰고 힘쓰는 사람이다.

대학생활은 결코 겉멋이 아니다. 이전에는 수동적이었어도 문제가 없었지만, 이제는 능동적 태도를 지향해야 한다. 새로운 출발점에 서 있기 때문이다. 주저할 시간이 아니다. 목소리를 낮추고 절제된 행동으로 자신의 형편과 처지를 분별해야 한다. 부족한 부분을 솔직하게 드러내야 한다. 적극적으로 자신을 도와줄 코치를 찾고, 피드백을 나눌 수 있는 상호 책임관계를 세워야 한다. 오늘이 내일을 결정하기에 대학 생활은 스스로에게 솔직할 필요가 있는 시기다.

다른 하나, 새로운 도전과 변화를 추구하는 사람이다.

보통 이런 경우는 그 영역에 도전하는 초보자가 대부분이다. 초보자는 대체로 힘을 많이 들인다. 생각해 보라. 처음 피아노를 배우는 아이가 학원에 갔다. 입문 단계에서 선생님은 쉽고 재미있게 가르치지만, 어느 정도 적응하면 난이도가 높아지고 점점 요구가 많아진다. "어깨에 힘 빼세요, 손목과 손가락에 힘이 많이 들어갔죠? 힘 빼야지 힘!" 피아노만 그런가? 학습이라는 모든 영역에서 힘을 빼는 것은 매우 중요하다.

학습의 4단계 이론에서 보듯이 무의식 무능력의 Q1 단계에서는 정서적으로 안정 상태를 유지하지만, 만족도 없고 불만족도 없는 즉, 변화와 도전에는 관심이 없는 단계다. 강력한 동기부여가 제공되어 무능력을 의식하는 Q2 단계에 이르면 점차 의식이 일어나고 새로운 변화에 직면한다. 문제는 여기에서 시작된다. 점진적으로 후회와 포기의 감정이 강하게 발생한다. 의지가 약하면 '안 하고 말지'라는 자기 합리화, 핑계에 빠질 가능성이 매우 높아진다. 강력한 드라이브에 걸리면 포기의 속도는 매우 빨라진다.

이때가 바로 힘 빼는 연습, 애쓰는 감정을 내려놓는 연습이 필요한 시점이다.

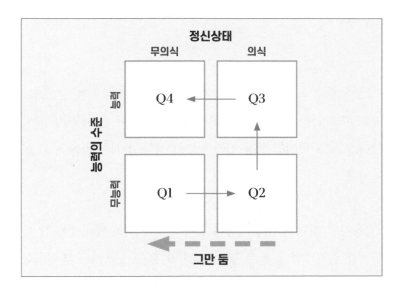

변화를 만들어 갈 때는 누구나 DREC 커브를 경험하게 된다. 시간이 지날수록 저항Resistance의 힘은 커지게 되고 부정Denial 방향으로 후퇴하려는 시도와 함께 필요Need가 요구되기 시작한다. 적정한 시점에서 코치Coach가 필요해지고 격려와 지지를 받고 싶어 한다. 위에서 언급한 세 명의 신입생은 적당한 시점에서 코치를 만난 것이다.

누구나 혼자일 때는 힘이 잔뜩 들어갈 수밖에 없다. 코치의 적절한 코칭 스킬과 피드백을 통해 점차 힘을 빼고, 탐구Exploration의 단계에 진입하게 되며, 내재된 잠재력을 깨우기 시작하면 헌신Commitment에 이르게 된다. 이때가 진정으로 자신의 비전과 목표를 향해 힘을 빼고 애쓰지 않고 즐겁게 헌신하게된다.

초등학교 시절이다. 농사만 짓던 아버지가 탁아소를 짓겠다고 땅을 사고 일을 시작하셨다. 아버지의 모든 것이 신기하게만 보일 때다. 학교를 마치면 항상 건축 현장에 갔다. 신기한 일을 보고 싶어서다.

농사만 짓던 분인데 어떻게 건축 과정을 척척 해내셨을까? 아버지가 존경스럽다. 몸은 힘드셨겠지만, 항상 웃음으로 맞이하셨다. 당신 일을 도우라고 어린 내가 할 만한 일을 맡기셨다. 어린 손으로 그 신비에 동참했다. 나도 신비한 일을 함께하고 있다는 환상과 더불어 아버지는 아들의 롤 모델이 되어갔다.

"어떻게 아버지는 그 일을 기꺼이 하셨을까?"
"가족에게 싫은 기색 한번 하지 않고 웃음으로 견디셨을까?"
"아버지니까?"

시간이 많이 지난 뒤에 생각해 보았다. 이 일을 통해 아버지는 가족을 생각하셨을 것이다. 또한 경제개발에 박차를 가하던 한국 사회의 어두운 한 면을 보셨고, 홀트 아동복지재단과 함께 농촌의 아이들을 섬기겠다는 목표 때문에 이 일을 감당하셨을 것이다.

'신광 탁아소'가 완공되었고 얼마 지나지 않아 수많은 꼬마 아이들의 떠들썩한 웃음소리로 가득 찼다. 아버지는 이 광경을 이미 꿈으로 보셨을 것을 생각하니 "애쓰지 말고 힘쓰지 말자"라는 말이 새삼 새롭게 다가온다.

"저 꽃들이 어떻게 자라는가 생각해 보아라. 그것들은 수고도 아니하고 길쌈도 하지 않는다."(눅12:27)

애쓰지 말고 힘쓰지 말자는 말을 다르게 표현하면 '자연스럽다'는 말이다. 우리의 삶이 자연스럽다는 것처럼 놀라운 표현은 없다. 대학생활, 직장생활, 결혼생활이 자연스럽다는 표현은 모든 것이 순조롭게 잘 풀려 간다는 의미다. 있어야 할 곳에서 자신의 역할을 충실하게 잘하고 있다는 것을 말한다.

'애쓰지 않고 힘쓰지 않는 사람'에게는 몇 가지 특징이 있다.

첫째, 정체성이 분명하다.

문제가 발생하면 습관처럼 내뱉는 말이 있다. "어떻게 하지?" 이 말을 가장 쉽게 한다. "어떻게 하면 좋을까요?" "무슨 방법이 없을까요?" 'How to?'를 연발한다. 어떻게든지 문제를 해결해 보겠다고 해답을 요구하고, 방법을 찾아 문제를 해결해 나가려고 한다. 잘못된 것은 아니지만, 문제가 따라올 수 있다는 것을 염두에 두어야 한다. 임기응변식 문제 해결은 얄팍한 수에 빠질 가능성이 매우 높다. 작은 수를 찾다 보면, 오히려 큰 것을 놓치는 경우가 발생하고 누적되면 공동체에서 신뢰를 잃을 가능성도 커진다. 또한, 문제의 책임을 타인에게 넘기는 변명이 늘어나게 된다. 닥쳐야 일하는 습관이 생긴다. 따라서 시간관리는 엉망으로 꼬이게 되고, 모든 일이 힘들게 되면서 애를 써야만 하는 악순환이 반복된다.

그러면 어떤 질문이 필요할까? "이 상황에 직면한 나는 누구인가?" "이 상황을 해결할 사람은 누구인가?" 'Who is?'를 질문해야 본질에 가까운 답을 얻을 수 있다. 이런 질문을 통해 핵심가치에 접근할 수 있고, 가치에 따라 해야 할 말과 행동을 결정할 수 있다. 이런 방식이 공동체의 신뢰를 얻게 되고, 시간 관리에도 실패하지 않는다. 애쓰지 않아도, 힘들이지 않아도, 자연스럽게 어려운 상황을 이겨나가는 내적인 힘을 얻게 된다.

둘째, 목적이 분명하다.

들에 피는 꽃은 그 자리에서 자신의 존재를 드러내는 일 외에 다른 것이 없다. 그곳에서 자라 자신이 어떤 꽃인지? 얼마나 아름다운 존재인지를 꽃으로, 열매로 보여준다. 그것이 전부다. 다음해에 그 자리에서 또다시 꽃을 피우는데 하나가 아니라 분신 같은 꽃들과 함께 피어낸다. 비바람이 몰아쳐도, 태풍이 불어와도 흔들릴 뿐이다. 뜨거운 여름과 혹한의 추위도 견딘다.

목적이 분명하면 흔들릴지라도 쓰러짐은 없다. 어떠한 상황에도 대처할 만한 내적인 힘을 소유하게 된다. 목적이 불분명하니 상황에 휩쓸리게 되고 원치 않는 악순환의 고리에 얽히게 된다. 모든 에너지가 낭비되는 현실을 맞는다. 그러니 애쓰게 되고 힘쓸 수밖에 없다. 목적이 불분명하기 때문에 주어진 일에 대한 주도성이 없다. 시켜서 하는 일이 되고 의무적인 일이 된다. 그래서 힘들다. 억지로 해야 하기 때문에 애쓰게 된다. 이것은 명백하게 주어진 시간과도 밀접하게 관련이 있다.

셋째, 의지와 결단이 분명하다.

애쓰는 사람을 보면 확실히 의지와 결단에 문제가 있음을 보여준다. 자기 주도성이 결여된 모습을 보인다. Yes와 No가 불분명하다. 예를 들어 대학생은 한 학기 16주 동안 수업을 받는다. 수업일수로 계산하면 주 5일로 계산했을 때 불과 80일 정도만 학교에 가면 된다. 한 학기 최대 21학점을 수강할 경우, 시간으로 계산하면 어떨까? 한주에 21시간, 한 학기는 336시간에 불과하다. 물론 학비는 학교(국립, 사립, 수도권, 비수도권)와 전공에 따라 차이가 있겠지만, 대략 400만 원이라고 가정해 봐도 비싼 학비를 부담한다. 놀라운 것은 비싼 학비를 지불하고도 전공 공부를 대하는 대학생의 태도다. 물론 모두가 그렇지는 않다. 그렇지만 강의를 대하는 태도를 보면 분명하다. 지각, 멍 때리기, 대리출석(자체 결강) 등이 횡행하고 있다. 어쩌다 휴강이라도 하면, 환호하며 뭐 하고 놀까 고민한다.

이와 같은 일련의 모든 행위는 정체성도, 목적도, 없다고 봐도 무방하다. 순간마다 변하는 상황에 대해 의지와 결단력을 보이지 못한다. 분위기에 쉽게 휩쓸린 채 방황한다.

우리는 여기에서 다시 한번 생각해 보아야 한다.

대학 생활 1학년 1학기를 고등학교 3학년처럼 보내야 하는 이유를 생각해 보아야 한다. 무엇 때문에 도서관 중심으로 학교생활을 해야 하는지, 1학기에 전체 장학금을 탈 수 있도록 공부해야 하는 이유는 무엇일까?

위와 같이 행동을 해야 하는 '너의 정체'는 무엇인가?

"좀 더 구체적으로 질문해 볼까?"
"전체 장학금을 타는 것이 대학 생활의 목표인가? 장학금에 어떤 의미가 있지?" "장학금 말고 더 큰 그림을 그릴 수 있을까?"
"4년 뒤에 어떤 방향으로 갈 것인지 말할 수 있니? 글로 표현할 수 있어?"

대학에 근무하면서 어떤 대학생을 만났을까? 고등학교 성적에 따라 입학한 학생, 전공에 의미를 두었겠지만, 대다수는 성적에 따라 학과를 선택한 학생이다. 졸업 이후를 구체적으로 말하지 못하고, 자존감은 무너져 있다. 고등학교를 벗어난 해방감에 도취되어, 무절제한 생활로 시간을 잃어버리는 줄도 모른 채 방황한다.

뒤늦게 찾아온 학생들은 말한다. '어떻게 해야 하나요?' '너무 힘들어요.' 졸업에 가까울수록 이 질문의 강도는 더 강해진다.

저 꽃들이 어떻게 자라는가 생각해 보아라.
그것들은 수고도 안 하고 길쌈도 하지 않는다.
누가복음 12장 27절

강경 '유채꽃', 2021-04-13. 오후 6:55, 작가 · 김재길

완벽한 시간, 그게 뭔데?

"다시 고등학교나 중학교 시절로 회귀할 수 있다면 어떨까? 사람들이 흔히 이런 말을 곧잘 하잖아?" "어휴, 끔찍한데요." "저는 싫어요." "그게 가능하다면, 뭔가 새로워질 기회를 얻게 되는 게 아닌가 싶기도 한데, 실감이 나지 않네요." "그런가? 그 말은 지금이 가장 아름다울 때라는 반증이 아닐까? 보기만 해도 좋아, 제일 부러울 때란 말이야, 사실 나도 너희 세대가 부럽다."

사람은 나이가 들면서 가끔은 이런 상상을 한다. "옛날로 돌아갈 수 있다면, 지금 같지는 않을 것 같다. 좀 더 잘 살 수 있을 것 같다"라고 회귀를 말한다. 이는 현재의 자기 모습과 삶에 만족하지 못한다는 말이고, 그때 그 시절을 잘 못 살았다고 인정하는 것이다. 그토록 부러워하는 이 세대를 어떻게 이해해야 할까?

MZ 세대는 누구인가?

매우 직관적이고, 자유롭고, 무인도에서도 인터넷과 스마트폰만 있으면 살아남을 수 있으며, 진정성에 열광하고, 정치적으로는 결정적 캐스팅 보트의 힘을 가진 세대를 가리켜 MZ 세대라고 한다.

반면 MZ 세대가 보는 미래는 불안하면서도 비관적이다. 앞으로 무엇을 하며 살아야 할지 확신이 없고, 어릴 적 꿈의 실현은 정말 꿈에 가깝다. 현실은 어떤가? 취업 문턱조차 넘기 어렵다. 고정적 급여를 받을 직장을 구하기도 어렵지만, 정작 취업해도 본인이 바라던 삶, 안정적인 가정, 내 집 마련 등의 기초를 만드는 것이 불가능한 것처럼 보인다.

기성세대는 무일푼으로 일어나 성장했다는 라떼식 무용담을 마치 극적인 인생 성공담처럼 쏟아 놓지만, 당시는 모든 게 고도성장했던 시기였기에 가능했던 일이다. 물론 기성세대의 눈물 나는 열정과 노력이 있기에 현재 우리가 풍요를 누리는 것도 사실이다. 그러나 미래가 비관적이면, 여유는 없어진다. 그리고 그러한 두려움은 곧 정신적으로 빈곤을 낳는다. 이러한 사실 앞에 공정하지 않으며, 차별하고, 정의롭지 못한 것에 날카로운 것은 어쩌면 당연한 일이다.

MZ 세대라는 명칭은 자신의 의도와 상관없이 붙여진 이름이다. 한마디로 사회의 주도권을 가지고 있는 기성세대에 의해 이뤄진 일이다. MZ 세대라는 호칭을 붙인 것은 기성세대며, 이를 퍼트려 사람들에게 인지시키고 있는 것도 기성세대가 운영하는 미디어다.

기성세대는 왜 MZ 세대를 구분해야만 했을까? 그들은 기성세대의 문화와 가치관, 정치관 등 모든 면에서 기성세대와 뚜렷한 구분 점을 보여주기 때문이다. 새로운 생활패턴을 소유하고 기존의 트렌드를 무너뜨리는 소비문화를 창출함에 따라 기업은 이들 세대를 겨냥한 신개념 마케팅을 구현할 수밖에 없다. 이에 따라 이들을 구분할 용어가 등장하게 된 것이다.

MZ 세대가 추구하는 것

2020년 9월, 오픈서베이는 'Z세대 트렌드 리포트 2020' 발표했다. 이 내용을 분석한 결과를 따르면 이미 사회에서 자리를 잡은 밀레니얼 세대와 Z세대의 관심사를 볼 때 조금은 다르게 나타난다. 현재의 주된 관심사에 대해 Z세대는 '앞으로의 진로 (74.3%)'를 가장 많이 꼽은 데 반해, 밀레니얼 세대는 자기 발전 (다이어트 71.2%), 외모 관리(53.8%), 여가활동(65.7%) 등에 대한 관심사가 훨씬 높게 나타났다. 주목할 점은 밀레니얼 세대의 경우에도 진로와 직업을 관심사로 꼽은 비율이 Z세대 못지않게 높은 57%였다는 점이다. 밀레니얼 세대 또한 고용 불안정, N 잡러 시대의 영향을 강하게 받고 있다는 점을 이와 같은 결과를 통해 확인할 수 있다.

혼자 즐기는 여가활동 때 무엇을 하느냐는 질문에는 밀레니얼 세대와 Z세대 모두 인터넷 서비스를 즐긴다는 응답이 압도적으로 높게 나타났다. 이는 X세대 이전 세대와 비교해서 이들 세대가 갖는 가장 큰 차이점일 것이다. 두 세대 모두 여가활동에 대한 응답으로 가장 높은 비중을 차지하는 것은 '유튜브 등 동영상 콘텐츠 시청'이었는데, Z세대가 83%였으며, 밀레니얼 세대도 74.7%에 달했다.

차이가 나타나는 것은 그다음이다. 밀레니얼 세대의 경우에는 동영상 시청 다음으로 높게 꼽힌 응답이 '휴식, 잠(66.2%)'이었던 데와 비교해, Z세대는 그 자리를 'SNS 메신저(69.5%)'라는 응답이 차지하고 있다. 연령대가 낮아질수록 SNS, 메신저에 대한 활용도가 높다는 것을 반증하는 응답 결과다.

Z세대의 경우에는 동영상 외에도 웹툰, 웹 소설 보기(59.5%), 게임(61.8%) 등의 인터넷 서비스에 대한 응답이 밀레니얼 세대(각각 40.5%, 44.3%)보다 높게 나타나고 있다는 특징을 가진다. 대신 밀레니얼 세대의 경우에는 운동, 산책(47.7%), TV 시청(53.0%) 등이 Z세대보다 높은 것으로 파악된다.

Z세대는 행위 자체에 대한 재미를 추구하며, 밀레니얼 세대는 행위가 지향하는 목표에, 보다 관심이 많은 것으로 결과가 나왔다. 관심사에 대한 사진을 올려달라는 질문에 Z세대의 응답자는 유튜브, 축구 등 스스로가 재미있어하는 사진을, 밀레니얼 세대 응답자는 스트레스 관리에 부합하는 활동의 사진을 주로 업로드한 것으로 나타났다. 또한 '힐링'에 대한 사진 설문에서도 차이가 나타났는데, Z세대는 유튜브, 카페 등 무언가를 즐기면서 스트레스를 해소하는 사진을 많이 공유한 데 비해, 밀레니얼 세대 응답자는 주로 조용한 풍경 사진을 공유했다.

같은 인터넷 문화권에 속하지만, Z세대와 밀레니얼 세대는 세부적으로는 다른 플랫폼을 바라보고 있는 것으로 분석된다. Z세대가 모바일 라이프스타일에 대한 적응도가 더 높은 것으로 나타나고 있기 때문이다. 밀레니얼 세대보다 Z세대가 'TV나 PC보다 스마트폰이 더 익숙하다'는 응답에 더 많은 긍정을 표한 것으로 나타난다. 그러면서도 Z세대는 밀레니얼 세대보다 정보 취득의 적극성도 더 높은 것으로 조사되는데, '간접 경험보다 내가 직접 체험하고 느끼는 것이 중요하다'는 응답도 밀레니얼 세대보다 Z세대가 더 높았다.

출처: 오픈서베이, 'Z세대 트렌드 2020 SUMMARY'

01 Z세대는 아직 호기심 많은 연령대로 관심사가 다양	1. 진로/직업 외에도 여가활동, 다이어트/운동 등 관심 높음 2. M(밀레니얼)세대보다, 외모관리, SNS, 친구관계 이성교제, 연예인/아이돌, 아르바이트 등 다양한 분야에 대한 호기심과 관심이 높은 세대
02 좋아하는 여가활동은 모두 온라인 기반	3. TV/PC보다 스마트폰이 더 익숙하고, 글보다 이미지/ 영상이 더 편한 세대 4. M세대보다 온라인/모바일 소통이 더 친숙 5. 즐기는 여가활동 역시 '동영상시청', 'SNS', '음악청취'. '게임'. '웹툰/소설 보기' 등으로 모두 온라인 기반의 활동임
03 갖고 싶은 것을 얻기 위해 아르바이트도 적극적 명품 의류도 관심 高	6. 간접경험보다 직접체험하고 느끼고 싶어 하는 욕구가 강한 세대 7. 원하는 것을 사는데 주저하지 않는 경향, 용돈이 부족하면, 사고 싶은 물건 구입을 위해서라도 아르바이트를 함 8. 구매력만 갖춰진다면, 명품 브랜드의 의류도 구매하고 싶어 함.
04 결혼 및 출산 필요성에 대해서는 긍정적이지 않음	9. 결혼과 출산은 꼭 필요가 없다는 인식이 60% 이상 10. M세대보다도 결혼과 출산에 대해 더 부정적 인식을 형성하고 있음

MZ 세대의 '시간'은 어떤 경향을 보이는가?

MZ 세대의 최고의 고민은 '진로와 직업, 자기 발전'이라고 할수 있다. 불확실한 미래에서 살아남기 위해 몸부림치며 보내고 있다. 동시에 가장 많이 보내는 시간의 비중은 여가활동(동영상 시청, SNS, 게임, 잠자기 등)에 보내는 시간이 대부분을 차지한다.

MZ 세대의 '완벽한 시간'은 '내가 하고 싶은 것을 충분히 즐기면서 미래를 보장받는 진로/취업에 성공하는 것'이라고 정의해도 무방해 보인다. 이런 정의는 미래에 대한 불확실과 비관적 태도에서 기인한다. 지속적으로 무언가에 집중하게 함으로 불안과 비관적 상황에서 탈출하려는 경향이 매우 짙게 나타난다. 이러한 경향은 또래집단과 공유하는 SNS, 인터넷 등을 통해 말과 행동이 결정된다. MZ 세대는 이것을 완벽한 시간이라고 생각하고 있지만, 밸런스가 잘 맞는 것 같으면서도 매우 깊은 함정에 빠진 모습을 보인다. 이게 현실이다.

대다수의 사람에게 '완벽한 시간'은 존재하지 않는다. 한마디로 "그런 게 어디 있어!"라고 외친다. '완벽한 시간'은 사람과 연결 Connection 되고 목표Goal와 관계될 때에 비로소 완벽을 향해 갈수 있다. 대부분의 사람은 오류와 함정에 빠져 있다. 시간과 공존

하면서도 목표와 관계하지 못한 채 일상에 머물러 있다. 단순한 열망과 기대감은 목표가 될 수 없고 시간과 연결될 수 없다. 이런 상태가 지속될수록 공허 속에 함몰될 뿐이다.

바쁘다는 변명은 Stop!

바쁘다는 것이 무능하다는 것은 아니다.

나는 바쁜 법이 없다. 하지만, 항상 중요한 일을 계속하고 있다. 나는 매일 책을 쓰고 있고, 참고도서를 읽고 있다. 코칭을 위한 자료를 수집하고, 코칭 고객들과 의미 있는 시간을 보낸다. 설교 원고 준비를 위해 성경을 읽고 묵상하고, 기상 조건이 좋은 날은 일출 또는 일몰 시간을 이용하여 촬영하거나 자전거를 타며 건강관리에 투자한다. 이렇게 하면 하루가 금방 지나간다. 하지만 이런 일에 몰두해 있는 지금, 나는 바쁘지 않다. 단지 중요한 일을 진행하고 있을 뿐이다. 여기에서 우리는 짚고 넘어가야 할 점이 있다.

'바쁘다'는 뜻의 한자는 바쁠 망忙이라고 한다. 마음心을 잃고 亡 있다는 뜻을 가진 말이다. '마음을 잃어가는 것', 너무 바쁘면 마음의 여유가 없어지고 점점 자신을 잃어버리게 된다. 바쁘다는 것이 일을 많이 한다는 것인지, 공부를 많이 하고 있다는 것인지, 열심히 자신의 역할을 다하고 있다는 것을 어필하는 것일지도 모르지만, 사실 말을 많이 할수록 좋은 인상을 주지는 못한다. 즉 바쁘다고 말하는 것은 무언가의 핑계로 삼으려는 의도성이 강하기 때문이다.

'바쁘다'는 말에는 무엇인가를 수행하고 있는 뜻도 포함하고 있다. 오늘 나는 아내의 출근을 도와 학교에 픽업하고 돌아왔다. 휴가 나온 아들과 방학 중인 딸의 아침 식사가 준비되지 않아, 팔을 걷고 카레를 맛있게 만들었다. 다시 책 쓰기를 위해 원고를 작성하다가 막히고 집중력이 떨어져, 또다시 참고도서를 읽었지만, 이것도 집중되지 않는다. 휴가 복귀를 위해 PCR 검사를 받아야 하는 아들을 픽업해서 선별 진료소를 다녀오는 길에, 자동차에 기름을 보충했다. 자동차 부품가게에서 에어컨 필터를 사고, 마트에서 토마토와 세제, 물과 원두커피 등 몇 가지를 더 구매했다. 나는 오늘 중요한 일과 관련된 어떤 일도 하지 않았다. 그저 바쁜 일을 했을 뿐이다. 이와 같은 일만 계속한다면 그저 '바쁜 사람'이 되고 만다. 그리고 어느 순간 나의 패턴은 깨지고 말 것이다.

바쁘다는 표현은 명백하게 두 가지 의미를 담아 사용한다. 첫째는 정말 중요한 계획을 진행할 때, "나는 정말 중요한 일을 하고 있어, 바쁘지만 만족해"라는 의미로 사용한다. 둘째는 바쁘다는 말로 핑계를 삼으려고 사용한다. 바쁘기 때문에 정말 중요한 것을 내 영역에 들일 수 없고, 끼워 넣을 수 없다. 결국 갑자기 바쁜 일이 생겨서 중요한 일을 미처 하지 못했다. "나는 바빠, 그래서 아직 리포트를 완성하지 못했어!"라고 바쁘다는 핑계로 삼는다.

실제로 대학생은 할 일이 많다. 학점 이수, 진로를 위한 스펙 쌓기, 각종 동아리 및 봉사활동, 친구와의 관계 맺기, 종교 활동, 취미 활동, 거기에 더해서 항상 스마트폰으로 무언가를 확인하는 일, 해야 할 일이 많은 것은 사실이다. 그러나 중요한 계획으로 바쁜 사람일수록 바쁘다는 말을 입에 담지 않는다. 자신의 상황을 점검하고 철저하게 시간을 관리하며, 여유 있는 표정으로 자기의 일을 하나씩 처리해 나가기 때문에 바쁘지만, 만족하고 보람을 갖는다. 정작 중요하지 않은 일에 바쁜 사람은 바쁘게 살지만, 결국 아무것도 남지 않는다.

바쁘다는 표현은 자신의 치부를 드러내는 것과 같다. 바쁘다고 핑계 삼는 사람은 별 볼 일 없는 사람으로 무시당할 수 있다. 바쁘다는 것이 무능력하다는 증거라고 할 수는 없지만, 이 말을 입에 담을수록 마음을 상실하고 무력해질 가능성이 높아진다는 사실을 유념해야 한다.

나는 오늘 아무것도 완수하지 못했다. 하지만 가족과 함께 하는 것을 너무 좋아했기 때문에 충분한 행복과 만족을 느꼈다. 결과 없이 즐거워진 것이다. 모든 것이 완전하고 후회는 없다. 하지만 이것이 습관이 될 수 있다. 바쁘다는 것은 모든 것이 완성된 것처럼 느껴지지만 실제로는 아무것도 성취하지 못하는 깊은 함정이 될 수 있다.

"당신은 중요한 계획을 끝내지 못하고 무의미한 활동' 만을 계속하는 사람 중의 한 명은 아닌가?"
"당신은 끝은 없고, 끊임없이 시작하는 사람은 아닌가?"
"당신은 바쁘다는 이유로 중요한 것을 포기하고 있지는 않은가?"

가정假定으로 낭비되는 시간

'후회는 건강한 것' 이렇게 주장했다. 후회엔 한숨과 눈물이 필연적이지만, 반대로 변화를 위한 강력한 질문과 해답을 제공할 수 있다고 말했다. 따라서 당신이 변화해야겠다면 후회에 이어지는 질문에 반드시 몰입해야 한다, 그것이 자신에 대한 '열정'이다.

그러나 많은 사람은 가정假定에 집중한다. 성격을 탓해야 할까? 아니면 환경을 탓해야 할까? 그들은 "이런 상황만 없었더라면…" "왜 하필 그때…"란 가정假定을 늘어놓는다. 결국 또 변명이 돼버린다. 변명은 실패나 후회를 모면하기 위한 것일 뿐, 미래에 도움이 되는 것은 아무것도 없다. 가정假定은 원인에 대한 분석, 반성, 교훈, 새로운 결단을 없애버린다. 결국 똑같은 실수를 반복하게 하여 시간 낭비, 인생 낭비를 하게 만든다.

후회 없는 인생이 없듯, 실패 없는 인생도 없다. 실패가 없다는 건 아무것도 안 한다는 것이다. 우리는 지금까지 많은 실패를 경험했다. 그럴 때마다 원인을 분석하고 개선점을 찾아보기도 했다. 하지만 여전히 실수가 반복된다면 자신에게 더 냉정해져야 한다. 매몰차고 차갑게 자신을 대해야 한다. 만약 당신이 중·고등학교 시절을 실패라고 생각한다면, 그것에 들인 열정과 시간도 물거품이 된 것은 자명하다. 되돌릴 수 없다. 생각을 바꾸고 원인을 철저하게 분석해야 한다. 그리고 과감히 떠나라. 돌아보지 마라. 그래야만 앞으로 펼쳐질 대학 4년의 삶을 변화시킬 수 있다.

하버드 대학에 입학한 학생은 그 사실만으로도 '인재'로 여겨진다. 그런 사람에게 주어지는 첫 수업은 무엇일까? 아이러니하게도 '시간 관리' 수업이다. 이것은, 탁월한 인재로 증명된 사람도, 시간 관리가 중요한 프로젝트임을 암시한다. 여기서 유추해 보건데 시간 관리야말로 '후회만 하고 가정에 의해 변명만 늘어놓는 나쁜 습관'을 최소화 할 수 있는 중요한 기술이 아닐까 생각한다. 다행스럽게도 시간을 관리하고 시간을 통해 열매를 딸 수 있는 사람은 정해져 있지 않다. 우스갯말로 시간은 먼저 줍 줍 줍는 사람이 임자다.

한 학기면 충분하다. 재도전하라. 그리고 '코칭'이라는 마차에 올라타라. 그리고 마부(코치)와 함께 대화하라. 하버드를 부러워할 이유는 존재하지 않는다.

괜찮아, 차원을 낮춰!

세 명의 코칭 고객의 이야기를 기억해 보자.

코치는 고객 안에 무한한 잠재력이 있다는 것을 믿고 최대한 가장 큰 꿈을 꾸도록 돕는 것이 원칙이다. 그런데 나는 왜 다섯 가지 사항만을 요구했을까? 도서관 중심 생활, 동아리 활동 금지, 아르바이트 금지, 고등학교 3학년 때처럼 공부해서 성적장학금 받기, 매주 금요일 2시간 코칭 약속 등을 말이다.

더 큰 꿈과 가능성을 볼 수 있도록 코치해야 맞지 않았을까? 물론 그렇게 해야 한다. 또 그렇게 할 것이다. 그렇지만, 나는 고객의 가능성에 초점을 두었다. 대학교 1학년 1학기라는 과정을 통해 지금까지의 실패와 후회의 감정에 가려진 가능성을 볼 수 있도록 제안한 것이다.

다시 말하면 고객의 차원을 낮춘 것이다. 사람들은 자신의 비전 또는 목표를 말할 때 구체화하는 것을 힘들어한다. 핵심을 말하기보다 그것을 둘러싼 다양한 말을 늘어놓는 습관이 있다. 그래서 고객의 이야기 속에는 일반화, 왜곡, 생략이라는 오류가 쉽게 포함된다. 자신의 목표를 명확하게 보지 못하기 때문에 핵심을 벗어나는 경향을 보인다. 그래서 'Chunk Down Skill'을 활용하여 핵심 이슈를 좁혀 나가게 된다. 이때 질문을 통해 정보를 더욱 섬세하고 깊게 다가가거나, 코치가 목표를 정리하여 제시하기도 한다.

수많은 자기 계발서를 읽어보면 좋은 말로 넘친다. 그대로만 하면 곧 성공할 것 같다. 당장 실천하겠다고 결심하지만, 오래가지 못한다. 그래서 하는 말이 "책의 내용은 다 맞는데, 나하고는 이상하게 안 맞네."라고 푸념하기 일쑤다. 왜냐하면 모두가 처한 환경과 목표가 다르기 때문이다. 모두가 완벽할 수 없고, 철두철미할 수 없다.

시간을 연주하라!

그래서 차원을 낮춘다는 것은 스스로 가치를 낮게 평가하는 게 아니다. 오히려 가치를 향상하는 데 매우 중요한 역할을 한다. 괜찮다, 차원을 낮춰라! 자신감을 회복하고 가능성을 발견하는 것이 매우 중요하다. 큰 그림만 그리다가 제풀에 지쳐 포기하는 경우가 얼마나 많은가?

마이크로소프트의 공동창립자, 빌 게이츠Bill Gates는 '모든 가정마다 컴퓨터 한 대씩 보급되는 세상을 만들겠다.'는 꿈을 가지고 있었고, 스파이스 엑스 CEO, 일론 머스크Elon Musk는 "화성에 식민지를 건설하는 것"이 궁극적인 목표였다. 두 사람의 목표는 거대한 차원의 목표다. 실현 가능한가? 중도에 포기할 만한 여지는 없는가? 이미지로 그려지는가?

지방의 한 사립대학에 입학한 청년이 있었다. 여느 대학생들처럼 평범한 대학 생활을 시작했다. 학과 공부와 대학 합창단 활동, 교회 이것이 삶의 트라이앵글이었다. 군 전역 후, 이 청년은 복학하면서 특별한 동기부여를 몇 차례 받게 된다. 작은 소모임에서 찬양을 인도하던 중, '이 노래와 예배를 우리만 해서는 안 돼, 대전의 모든 교회 안에 이런 모임이 만들어져야 해'라는 목표를 갖게 되었다. 급기야 우리의 경배와 찬양 예배를 대전의 모든 교회에 소개하려는 시도가 시작된다.

'모든 교회에 우리와 같은 모임을 만들자', '1,617석의 대공연장에 젊은이들로 가득 넘치게 하자' 얼마나 무모한가, 대학생이 주축인 작은 모임에서 이런 꿈을 꾸다니 말이다.

바로 지금, 이 순간이 차원을 낮추어야 할 때다. 목표를 위해 지금 당장 시도해야 할 것이 무엇인가, 가장 즐겁게 헌신하여 할 수 있는 것이 무엇인가, 내가 가장 잘하는 것이 무엇인가? '소모임을 리빌딩하는 것' 이렇게 차원을 낮추었다. 조금 선명해진 것 같다. 마음도 가볍다. 자신감이 증폭된다.

같은 꿈을 가진 사람들과 함께 6개월간 많은 시간을 함께했다. 목표를 더 명확히 하는 작업과 모임의 영성을 강화하며, 연주를 위한 멤버십을 보강했다. 경배와 찬양을 위한 선곡과 편곡 작업, 그리고 팀별 연습에 집중했다. 그리고 대규모의 청년이 모일 공간을 준비해야 했는데, 학교 측의 배려로 대강당 사용 권한을 허락받았다. 무려 1,617석의 규모다. 경배와 찬양에 걸맞은 음향 시스템과 조명, 영상 설비까지 하나하나 준비해 나갔다. 작은 소모임이 리빌딩을 뛰어 넘어 오히려 강화되었다. 50여 명의 스텝과 악기, 음향 시스템, 조명과 영상 설비까지 커다란 규모의 팀이 새로 생겨난 것이다.

'괜찮아, 차원을 낮춰!' 이 단계가 완성되면 다음 단계의 낮은 차원을 또 도전하라. 그러면 비전을 눈으로만 보는 것이 아니라, 손으로 만지는 날이 올 것이다.

1988년 9월 8일 목요일, 첫 경배와 찬양 예배가 시작되었다. 자체 스텝 외에 모인 참여 인원은 약 200여 명에 불과했다. 실망스러울 수밖에 없다. 우리가 기대한 건 대강당에 젊은이로 가득 차는 것이 아닌가? 낙심하지 말자 격려하고, 준비한 것에 집중하자고 서로를 세워주었다. 매주 예배가 반복될수록 참여 인원이 늘어났다. 필요한 인적 자원이 보강되고 팀은 더욱 견고해져 갔다. 그로부터 1년 6개월이 지난 뒤, 1,617석의 대공연장이 젊은이로 가득 찼다. 야간 자율학습을 도망쳐 나온 고등학생, 도서관에서 공부하던 대학생, 대전의 중·고등학생과 청년, 대전 인근의 위성도시에서도 청년들이 몰려왔다. 그로부터 20년이 지났을 때, 어느새 대전의 모든 교회에는 작은 소모임과 같은 유형의 팀이 세워진 것을 보게 되었다. 이 이야기는 나의 대학생 시절에 있었던 일이다.

1학기 말, 세 명의 코칭 고객에게 어떤 결과가 나왔을까? 두 명의 고객이 전액 성적 장학금을 받았고 한 명이 장학금을 받지 못했지만, 상위 5%에 속하는 성적을 받았다. "괜찮아, 차원을 낮춰"

이 말이 이들에게는 대학 생활에 대한 자신감과 미래에 대한 새로운 도전 의식을 더욱 강화하는 계기가 되었다.

꿈을 꾸기에 젊은이가 아닌가?
비전을 세울 수 있기에 청년이 아니겠는가?
그러나 큰 그림만 그리다가 지쳐 쓰러지면, 다시 일어설 용기를 갖기가 어렵다. 이런 일이 반복되면 꿈마저 갖는 것을 포기하는 순간이 찾아온다. 그래서 강조하는 것은 큰 꿈을 갖되 차원을 낮추라고 말한다.
"괜찮아, 차원을 낮춰!"

나이를 묻지 마세요.
제485호, 천연기념물이라는 건 확실해요.

긴 세월, 내려놓음으로 보냈어요. 꽃도 향기도 그렇게…
이젠 긴 팔 늘어뜨리고 춤을 춰요.
봄바람에 모두가 나만 바라보네요.

구례 화엄사 흑매화, 2021.03.11. 오전 11:05, 작가 · 김재길

TIME TUNER

제2장
선물 같은 오늘이라는 시간의 축복

매일 새로운 출발선에 서 있어

누구나 자기 계발서 한 권 정도는 읽어 보고, 관련 강의도 한 꼭지 정도는 들어 보았을 것이다. 빠짐없이 등장하는 성공한 사람들의 이야기에 감동하며, 이렇게 하면 성공한다는 마술에 걸려 보기도 한다. 몇 년 전부터 '일만 시간의 법칙'이라는 성공 비책이 유행했다. 무엇이든 한 가지 일에 일만 시간을 투자하면 그 분야에 최고가 될 수 있다는 논리로 많은 사람을 사로잡았다. 정말 그럴까 하는 의구심이 드는 게 나 만일까?

한국의 학생은 유치원을 제외하더라도 초등학교부터 고등학교까지 12년이라는 기간을 학교와 학원, 과외, 창작·예술·스포츠

활동 등에 내몰린다.

예를 들어 자기계발을 위해 하루에 6~8시간을 투자했다고 가정해 보자. 대략 26,280~35,040시간을 사용한 셈이다. 모두가 성공하고, 최고가 될 수 있는 시간이 차고 넘치지만, 자신이 원하는 결과를 얻지는 못한다. 물론 일부 학생은 명문대학, 원하는 전공을 선택해 진학했다고 해도 절대다수의 현실은 그렇지 않다는 것이 문제다. 이것이 대한민국 공교육의 현주소다.

무엇이 문제인가? 일만 시간의 법칙에 일반화의 오류가 숨어 있는 것은 아닐까? 아니면 일만 시간을 투자한 사람의 인식 또는 생활방식에 문제가 있는 것은 아니었을까?

대학교 3학년에 재학 중인 한 여학생이 있다. 고등학교 3년간 여타의 학원이나 과외를 받지 않았다. 딱 한 가지 본인이 하고 싶어 하는 수학만 열심히 과외를 받았고, 수학에 온전히 몰입했다. 투자한 비용도 만만치 않았다. 결과는 어땠을까? 형편없는 결과를 받아, 지방의 한 사립대학에 다니고 있다. 행복해하지 않았다. 몇 번 편입에 도전했지만, 그것마저 실패했다. 행복하지 않은 이유를 물었다. "학교가 마음에 들지 않아요." 학교의 레벨이 중요하게 작용하고 있었던 거다. 최소한 수도권 대학에 들어갔어야 했나? 지방 사립대에 다니는 것이 여학생의 자존심에 큰 상처를 낸 것이 틀림없다.

포항의 한 교회에 초대를 받아 강의 할 기회에 "여러분, 포항 공대, 실력 있는 학교지요? 서울대 훌륭합니다. 대전 한남대학교 모르는 학교인가요?(웃음) 그런데 여러분, 이 세 학교 모두 똑같다는 걸 인정하나요?" 대학의 서열화 의식이 확연히 느껴진다. 대학은 고등학교 3학년까지의 결과로 나뉜다. '행복은 성적순이 아니다.'라는 말처럼 이것이 성공과 행복의 종착역이 아니라는 사실은 누구나 알고 있지만, 어쩔 수 없이 서열화에 굴복하고 있다. 그러나 이제부터는 누구나 새로운 출발을 향한 지점에 서 있을 뿐이라는 사실을 기억해야 한다. 잡음투성이 라디오의 주파수를 튜닝하듯, 도공이 갓 구워낸 도자기를 깨뜨리고 새로 빚듯, 과거의 후회에 함몰되지 말고 새로 세우는 작업에 도전해야 한다.

알아주지 않는 지방대학에 다녀서 실패하거나 불안전한 인생이 아니다. 새로 출발할 중요지점에 서 있다는 사실을 모르는 것이 더 불행한 것이다. 안타까운 것은 출발지에서 방황하는 대학생이 너무 많다는 것이다. 아마 그중에 한 사람이 당신일 수 있다. 아무것도 손에 잡히지 않고 불확실한 미래에 대한 두려움에 매몰된 채 서 있는 사람이 당신이라면, 이 문제를 해결하기 위한 새로운 시도가 필요하지 않을까?

시간의 가치를 고민하는 시대

경제학에서 말하는 '죄수의 딜레마 이론Game Theor'이 있다.

두 명의 범죄 조직원이 체포되어 왔다. 이 범죄자는 각각 독방에 수감되었다. 경찰로서는 두 명의 공범을 기소하기 위한 증거가 부족한 상황이다. 이러한 상황에서 경찰은 이들에게서 자백을 받아 범죄를 입증할 계획을 세우고, 각 범죄자를 대상으로 신문한다. 이때 경찰은 두 공범에게 동일한 제안을 한다. 다른 한 명의 공범에 대해 자백하면, 자백한 그 사람은 석방하는 반면, 다른 공범은 징역 3년을 받게 된다는 것이다. 이는 상대편 공범이 자백했을 경우에도 마찬가지이다. 즉, 누구든 자백하면 자백한 그 사람은 석방되지만, 상대편 공범은 3년의 징역을 받는다. 그러나 두 공범이 모두 자백을 하면 각각 징역 2년을 받으며, 둘 다 자백하지 않고 묵비권을 행사하면 각각 징역 6개월을 받게 된다. 과연 두 사람은 어떻게 되었을까?

서로의 이익만을 추구하다 보니, 6개월 형 받을 걸, 2년을 받았다. 의리를 안 지켰으니 쌤통인 결과다. 대학과 학생도 같다. 대학은 대학대로 해야 할 일에 집중하고, 학생도 그렇다면 많은 선순환 효과가 일어날 것을. '죄수의 딜레마'처럼 서로를 믿지 못하게 되어버렸다. 지금 있는 대학에 만족지 못하고 N 수, 편입 준비하는 학생이 한둘이던가? 그렇다고 N 수 준비하는 학생을 비판할 건가? 아니다 그럴 수 없다. 대학도 책임을 피할 수 없다. 대학은 과연 재학생을 위해 무엇을 노력했는가?

대학은 학생 탓, 학생은 대학 탓. 이걸 어떻게 끊어 낼 것인가?

대학교와 대학생의 관계도 이와 비슷하다. 대학교는 실력 있는 교수 확보, 양질의 강의와 교육 시설, 풍부한 장학금을 제공하는 것을 원칙으로 한다. 대학생은 이전과는 달리 자발적으로 강의를 선택하고 시간표를 만들고 한 학기 16주를 최선을 다해 공부해야 한다. 불이 꺼지지 않는 도서관을 만들어야 한다. 서로가 배신하지 않으면, 졸업과 함께 좋은 직장, 원하는 직업을 선택할 수 있고, 대학은 정부로부터 우수한 평가를 받아 재정 지원을 확보하게 된다.

그러나 대학이 본연의 역할인 실력 있는 교수를 확보하지 않고, 양질의 강의와 교육 시설을 투자하지 않고, 장학금을 확보⊠ 지원하지 않으면, 정부의 재정 지원이 끊기는 평가를 받게 된다.

대학생은 자신의 열정을 엉뚱한 곳에 허비하여 미취업자 신세가 된다. 실력 있고 깨어 있는 학생은 편입과 재수 등 자신의 이익을 위한 다른 선택을 하게 된다. 이것은 서로에 대한 배신이다. 양자 모두 좋은 관계를 이룰 수 있음에도 배신이 일반화된 시대가 되어버렸다.

이 상황을 뒤집어 생각해 보자. 과거에는 노사가 서로 배신하지 못하게 만들기 위해, 늦게까지 남아 일하고 헌신했다. 이제는 제한된 환경과 시간 속에서 최고의 성과를 내는 사람이 인정받는 시대로 새로운 패러다임이 변화하고 있다. 이런 변화에 가장 큰 영향을 받은 것이 주 52시간제도의 도입이다. 사회에 가장 큰 영향을 미치는 법이 바뀐 것이다. 이로 인해 노사 모두 시간을 중심으로 효율적인 결과를 끌어낼 것인가가 최고의 관심사가 되었다.

그런데 대학은 어떤가? 시간의 가치에 대해 고민하는, 시대적 사회변화에 대응하여, 인재를 양성하고 있는지 자문해야 한다. 매학기 16주라는 아주 대단한(?) 강의가 반복된다. 물론 대학의 노력이 없다고 말할 수는 없지만, 실질적인 노력을 보기가 어렵다. 대학에 입학하는 신입생부터 시간의 가치를 고민하게 만들어야 한다. 얼마나 많은 시간을 투입하느냐가 아니다. 생산성과 효율성을 높이는 방법이 무엇인지가 이 시대의 화두라면 이에 대응하여 대학도 시간 관리를 기본적으로 목숨 걸고 가르쳐야 한다. 그들은 대학에 위탁된 소중한 자녀, 소중한 학생이지 않은가?

대학은 학생에게 넓은 세상을 제안할 줄 알아야 한다. 우리나라를 벗어나 세계를 바라보게 해야 한다. 어쩔 수 없이 수능만 팠던, 불쌍한 아이들에게 '세상은 이런 것이다' 제안해야 한다. 명문대가 문제가 아니다. 명문대 나와 봐야 결국, 또 '공무원 준비'라는 입시에 파묻히는 게 코스 아니던가?

대학을 옮겨 또 새로운 출발을 하려는 결심보다는 시야를 세계로 옮겨라. 그것이 우리 학생들이 살 수 있는 유일한 방법이라 확신한다. '시작이 반'이라 늘 말하지만 자칫 잘못하면 맨날 반만 사는 인생이 된다. 명심하라.

대학생이 되었다. 지금부터 진정한 인생 여행을 시작할 순간을 의미한다. 이 여행은 머뭇거릴 여유가 없다. 지금까지의 여행은 여행기에 기록한 것으로 끝을 맺어야 한다. 미련도 후회도 갖지 말라. 오직 새로운 여행을 위한 출발신호만 남았다.

"당신은 지금 인생 여행이라는 마차를 탔다. 마부와 함께 당신이 가고 싶은 곳을 가는 중이다. 마부와 자유롭게 대화하며 주변

시간을 연주하라!

을 감상하고 쉬기도 한다. 중간중간 다른 곳을 둘러보기도 한다. 새로운 것을 경험할 수도 있다. 그리고 끝내 당신이 원하는 목적지에 도달한다."

순위는 달라도 같은 출발선에 서있다.

대청호의 '거위의 달리기', 2021.11.24. am. 07:53, 작가·김재길

시간이란 무엇인가?

시간이란, 간단하게 정의하기엔 매우 까다롭지만 가장 익숙한 말이기도 하다. 날씨 따라 옷을 갈아입는 여인처럼 맵시 나면서도 까칠한 게 시간이다. 대수롭지 않은 듯했는데 매우 중요한 것이 되고, 친밀한 듯 다가가면 어느새 멀어지고, 빠르게 느끼다가도 매우 느려지며, 붙잡은 것 같은데 놓쳐버리는 것이 시간이다.

'시간은 영원이다.' 종이 위에 가로 선을 그어보자. 왼쪽의 출발점은 '알파(처음)'이며 다른 한쪽의 끝은 '오메가(끝)'다. 처음이며 나중이라 하는 이 시간은 무한에서 무한을 말한다. 사람으로서는 알 수도 없고, 인지할 수도 없다. 영원은 오직 신神에게만 종속

되어 있고 신의 영역이다. 영원 그 자체가 신神이다. 그래서 유한한 존재인 사람은 영원에 대해 이해할 수가 없다. 영원의 한 점點에서 사람의 시간이 시작되었으니 그 시간조차도 여전한 미궁이다. 세상에 존재하는 모든 생명에는 회귀의 본능이 있는 것처럼 사람도 시간의 원점으로 회귀하려는 본능을 가지고 영원한 세계를 갈망한다. 모든 영적 갈망이 오직 영원을 향해 있다. 이것은 어느 종교를 막론하고 모두가 그렇다.

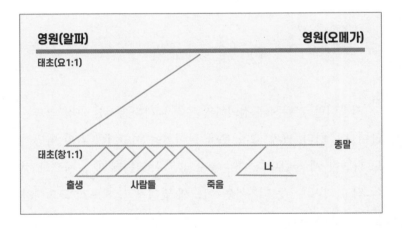

마치 인간세계는 컴퓨터 바탕화면에 수많은 인터넷 브라우저 화면이 켜져 있는 것과 같다. 하나의 브라우저는 한 사람의 인생과 같아서, 그 용도에 따라 역할을 끝마치면 브라우저를 끈다. 이 순간이 하나의 생명이 사라지는 찰나라고 할 수 있다.

사람의 시간은 언제, 어디서부터 시작되었을까? 무한대 선(영원)의 한 시점에서 출발한다. 그 시점이 어디인지, 언제인지는 그렇게 중요하지 않다. 창조론도 진화론도 어쩌면 중요한 것이 아니다. 성경 베드로의 두 번째 편지 3장에는 이러한 말이 있다. "사랑하는 여러분, 이 한 가지를 잊지 마십시오. 주님께는 하루가 천 년 같고, 천 년이 하루 같습니다."(공동번역) 신의 시간은 천년이 하루요. 하루가 천년 같은 시간이다. 과학자는 지구의 나이를 약 46억 년이라고 말한다. 성경의 시간으로 개념으로 환산해보자. 약 12,602년에 불과하다. 그런데 성경에는 또 다른 시간 계산법이 나온다. "주의 목전에는 천년이 지나간 어제 같으며, 밤의 한 경점 같을 뿐임이니 이다."개역한글, 시편 90:4. 정말 재밌고 놀라운 시간 계산법이다. 천년이 하루와 같고 그 하루는 경점종이 위에 바늘로 찍어놓은 점이라는 것이다. 이런 의미로 볼 때 천년은 순간이며, 눈 깜빡할 찰나刹那의 시간일 뿐이다.

그러므로 약 46억년, 약 1만2천년, 6천년이라는 다양한 지구의 시간나이에 대한 논란은 크게 의미가 없어 보인다.

신神의 시간은 이런 개념을 가지고 있다. 재밌는 표현이 아닌가? 영원이라는 시간 선상에서 천년이라는 어마어마한 시간이 하루 같은 시간이며, 하루는 찰나와 같으니 말이다. 결국 사람은 점(찰나)에 불과한 시간을 영겁처럼 살고 있으니 놀랄 수밖에 없다. 우주에서 바라보는 지구가 한 점에 불과한 것처럼, 그 안에서 아귀다툼하듯 치열한 경쟁 속에서 살고 있는 나는 먼지 하나로 표현하는 것도 과하지 않다.

수많은 학자가 시간에 대해 고찰하고 연구한 끝에 많은 답을 내놓았지만, 오히려 더 복잡하게 만들었다는 인상을 지울 수 없다. 물론 그들의 주장이 틀렸다는 말이 아니다. 중요한 것은 시간을 바르게 이해하기 위해서는 접근방식의 변화가 필요하다. 시간과 사람의 관계라는 관점에서 시간이 무엇인가를 생각해야 필요한 답을 얻을 수 있다.

박만수는 그의 책 '시간'에서 "신과 인간, 사람과 사람, 자연과 인간, 모든 사물과 인간, 양자의 관계성을 바르게 이해할 때, 비로소 각각의 정체성이 분명하게 드러나고 이해할 수 있다. 시간을 바르게 알고 이해하여 선용하는 것도 이와 다를 바 없다. 시간과 사람과의 관계를 분명하게 이해하지 못하면, 시간의 정체를 바르게 이해하는 것은 사실 불가능하다. 옆 사람에게 무턱대고 시간이 몇 시인지 물어보라. 틀림없이 정확한 시간을 알려준다. 또다시 시간이 무엇이냐고 물어보라. 쉽게 대답을 듣기 어려울 것이고, 듣는다고 해도 각각의 답변만 들려올 것이 틀림없다."고 했다.

시간은 항상 어디에나 존재하고 있다. 자연과 동·식물의 순환 속에도 말이다. 이들 사이에는 어떤 것도 개입되어 있지 않은 본능적 관계이다. 시간의 흐름 속에 맡겨진, 마치 숙명처럼 존재한다. 계수가 아닌 흐름으로 관계한다. 그렇다면 시간과 사람은 어떤 관계인가?

시간이란, 사람과의 관계를 분명하게 이해할 때, 시간이 무엇인지 인지할 수 있다. 왜냐하면 인간은 완전하지 않기 때문이다. 이 세상에 완전한 인간임을 주장할 수 있는 존재는 한 명도 없다.

시간은 오직 사람과의 관계 속에서만, 그 존재를 자랑하고 사람을 위해서만 존재한다. 사람이 불완전하고 미숙하다는 것은 사람을 더 온전케 하고 성숙시키기 위해 시간이 존재한다는 의미이기도 하다. 그래서 시간이 존재하는 목적은 사람을 위한 것이고, 사람을 변화시키며, 온전하게 하는 데 있다는 사실을 알아야 한다.

시간이란 단어를 한자로 보면 '때 시時'와 '사이 간間'으로 이루어져 있다. '한 시점에서 다른 시점까지의 사이'라는 의미다. 특정한 일을 위해 따로 지정해 놓은 때를 말한다. 그렇기 때문에 시간은 항상 목적을 지니고 있고, 시간이 그 사람과 관계할 때만 그 가치가 분명하게 드러난다. 시간은 사람을 시험하며 사람을 변화시킨다.

목적이 있는 시간이란, 자연의 순리대로, 시간이 흐르는 대로, 사는 것이 아니라 시간이 사람을 위한 기회라는 사실을 깨닫고, 시간을 선택하는 것이다. 이것을 위해 사람은 시계를 발명했다. 시계는 두 가지 역할을 한다. 첫째는 시간은 결국 사람을 위한 존재라는 것 알려주고, 둘째는 사람만이 시간을 선택할 권한을 갖는다는 사실을 증명한다.

　　궁극적으로 사람을 위해 존재하는 것이 시간이지만, 모든 사람이 그 권한을 알고 누리는 것은 아니다. 부여된 자유의지에 따라 값지게 사용될 수도, 무가치하게 사용될 수도 있다. 어리석게 삶을 살다가 허무하게 생을 마치는 사람이 있는 반면, 지혜롭게 시간을 선택하여 후회 없는 삶을 사는 사람도 있다.

　　적어도 사람답게 살아갈 마음이 있다면, 반드시 시계를 사용하여 시간을 값 주고 사는 지혜가 필요하다. 이것은 전적으로 사람이 선택할 문제다. 왜냐하면, 모두가 지혜롭지 않기 때문이다.

　　의미 있는 목표 설정, 성취를 위한 구체적인 계획의 수립에 있어서 시계는 필수다. 목표에 대한 평가·수정을 통한, 더 나은 목표 재설정에도 시계는 선택이 아닌 필수라는 사실을 자각해야 한다.

이처럼 난해한 시간에 대해 슈테인 클라인은 그의 저서, "시간의 놀라운 발견"에서 "아무도 시간 앞에서 자신을 숨기지 못한다."라고 했다. 시간은 인간과 절대적 관계여서 때때로 완전히 벌거벗길 힘을 가지고 있다고 한다.

우리가 1초, 2초, 셀 수 있는 외적인 시간은 우리가 경험하는 시간 현상의 일부분에 지나지 않는다. 시계의 초침은 지금, 이 순간만을 가리킬 뿐, 과거와 미래는 알지 못한다. 하지만, 사람은 기억 속에서 사는 존재다. 기억은 이미 흘러간 시간이지만, 미래는 아직 오지 않은 시간이며, 미지의 시간이다. 현재에 충실한 것이 외적인 시간이라고 할 수 있다. 그러나 시간에는 또 하나의 숨겨진 비밀이 있다. 분分이나 시時로는 잴 수 없는 시간과 관련된 현상이다. 이것을 가리켜 내적 시간이라고 한다.

100m 달리기 결승전이 벌어지는 경기장을 상상해 보자. 출발선에 대기한 선수는 긴장감 속에 있다. 출발신호를 기다리는 긴장된 시간, 결승선을 몇 초에 통과할 것인가라는 외적 시간, 어떻게 하면 100m 구간을 더 신중하게 활용할 수 있을까라는 내적 시간에 집중한다.

삶의 매 순간을 이와 같다면 전쟁이나 진배없다. 하지만, 결정적인 순간에 직면했을 때, 이 시간에 대한 나의 태도가 삶의 질 또는 미래를 결정하는 결정적 역할을 한다면, 시간에 대해 더 신중해질 수밖에 없다.

이제 막 대학 신입생이 되었다면 더욱 더 그렇다. 시간에 대한 이해는 이처럼 중요하다. 시간을 이해하고 용납하면, 시간에 대해 두 팔 번쩍 들고, 자유를 선언할 순간을 만나게 될 것이다.

마법의 시간
magic hour
서산으로 해가 넘어간 뒤, 선물처럼 찾아오는 짧은 시간
부드럽고 따뜻하며 때로는 청아하고 선명한 시간
시간은 이렇게 우리와 함께한다.

탑정호의 '매직아워', 2016-12-29. 오후 6:04, 작가 · 김재길

시간을 잃어버린 사람

언급한 것처럼 사람은 불완전하다. 불완전성에 대해 어떤 설명이 필요하겠는가? 예수의 제자 야고보는 그의 편지에서 이렇게 말한다. "인내력을 한껏 발휘하십시오. 그러면 여러분은 조금도 흠잡을 데 없이 완전하고도 원만한 사람이 될 것입니다."(공동번역, 약 1:4) 또한 디모데는 그의 두 번째 편지에서 "하나님의 일꾼은 모든 선한 일을 할 수 있는 자격과 준비를 하게 됩니다."(공동번역, 딤후 3:17)라고 한 것을 보았을 때, 사람은 온전함을 필요로 하는 존재라는 것을 부인할 수가 없다. 꼭 성경을 빌리지 않아도 일상에서 우리는 불안전한 존재인 것을 스스로 인정하고 있지 않은가?

완전성을 주장할 수 있는 사람은 이 세상에 존재하지 않는다. 육체도 불완전하다. 그 수명 또한 각각의 한계를 가지고 있다. 이러한 육체에 제한된 영과 혼은 어떤가? 더욱더 불안하고 답답할 수밖에 없다. 결국 온갖 실수와 오류를 불러오고 더불어 많은 시간을 잃어버리게 된다.

잃어버린 시간이란 무엇일까?

풍경 사진 촬영하는 것을 좋아해서 가끔 새벽에 촬영 나갈 때가 있다. 이전에는 무턱대고 아름다운 장면만을 선호해 왔다. 붉게 타오르는 아침 일출, 바다에서는 수평선으로 떠오르는 오메가 모양의 일출 장면, 호수에서는 아침에 피어나는 물안개에 스며드는 아침햇살 등 대부분의 풍경 사진작가가 선호하는 사진이었다. 나만의 사진 주제가 있어야겠다는 생각에 이끌리게 되었고, 그런 중에 갖게 된 주제는 '잃어버린 시간'이라는 주제였다. 자연에서 잃어버린 시간을 어떻게 표현하고 촬영할 수 있을까?

호수에 가면 발견하는 피사체가 있는데, 물속에 버려진 배가 그 주인공이다. 이전에는, 누군가에게는, 절대적으로 필요했던 것이다. 이제는 사람의 손길이 닿지 않는 상태로 묶여 있거나, 시간이 지남에 따라 물속에 가라앉은 채로 버려진 배를 발견할 수 있다.

이 배는 오랫동안 잃어버린 시간을 보내고 있다. 사용 가부를 떠나 정체성조차 불분명한 상태다. 마찬가지로 사람마다 사연이 다르겠지만, 지나온 삶의 흔적을 더듬으며, 마음에 응어리진 아픔을 어루만지고 못내 아쉬워하는 것은, 다름 아닌 잃어버린 시간 때문이다.

이 배뿐이겠는가? 주의 깊게 주변을 돌아보면, 잃어버린 시간 속에 방황하는 사람들이 보인다. 그뿐만 아니라 그 주인공이 나 자신인 것을 발견할 때, 화들짝 놀라 가슴 뛰는 소리를 듣게 된다.

사람은 누구나 돈이나 건강, 가족이나 친구 등 소중한 무엇인가를 잃어본 적이 있다. 잃어버렸을 때의 감정은 어떻게 표현할 수 없을 정도로 슬프기 마련이다. 그런데 시간을 잃었을 때는 대수롭지 않게 여기는 경향이 있다. 시간이 자동으로 다시 주어지기 때문인지 아까워하지 않는다. 주어지는 시간에도 한계가 있음을 알지 못한 채 우리는 그렇게 나이만큼 살아왔다.

사람의 생각은 다를 수 있다. 지금까지 자신만의 생각과 방식을 고집하며 살아왔는데, 그 생각과 방식이 다른 것이 드러난다면, 그만큼 자기에게 주어진 시간을 잃어버린 것이다.

시간을 허랑방탕하게 낭비한 것도, 무의미하고 무가치하게 보낸 것도, 잃어버린 시간이다. 반복하고 싶지 않은 실수, 지워버리고 싶은 기억 역시 잃어버린 시간이다. 때로는 원한과 복수의 정신으로 보낸 세월, 무의미한 경쟁으로 소모전을 벌이거나, 착각과 오해로 차마 못 할 짓을 한 경우조차도 잃어버린 시간이다.

어떤 이는 하는 일마다 실패하는 경우도, 하는 일마다 성공하여 승승장구하였을지라도 잃어버린 시간이라고 말하기도 한다.

시간이 지난 뒤에 후회하는 것이 인간의 본성이다. 잘못 행동하고 반성하기도 하지만, 그렇지 않더라도 뭔가 아쉽고 부족하였다고 느낀다면, 그것 또한 잃어버린 시간인 것을 인정하는 것이다. 모든 사람에게는 각자 주어진 시간이 있는데, 그 주어진 시간의 목적이 무엇인지를 제대로 아는 것이 무엇보다 중요하다. 왜냐하면 시간이 가진 목적을 제대로 알지 못하는 것 자체가 시간을 잃어버리는 것이기 때문이다.

잃어버린 시간은 되돌릴 수 없음을 우리는 잘 알고 있다. 후회해도, 눈물을 흘리며 가슴을 쳐도 소용이 없다. 한 가지 요구되는 것이 있다. 오늘이라는 선물을 소홀히 여기지 말자, 당신의 시간 목적에 부응하는 행동을 찾자.

나는 이 책을 통해 지속적으로 '잃어버린 시간'이라는 말을 사용할 것이다. 이곳에는 짧게 의미적으로 표현했지만, 과정마다 잃어버린 시간에 대한 구체적인 표현이 등장하게 될 것이다.

사람은 때때로 시간을 잃어버린 채 산다.
시간이 지난 뒤, 화들짝 놀라
되돌릴 수 없음을 후회하지만,
아는가? 후회의 감정이 축복임을
돌이켜 변화할 기회를 제공하기 때문이다.
선물 같은 오늘을 잃지 말자.

대청호의 '잃어버린 시간의 배', 2020-12-23. 오전 7:55, 작가 · 김재길

시간의 목적

"이 사람들은 잠도 없나?"

오래된 이야기지만, 대학생을 인솔하여 캄보디아 집짓기 봉사 활동을 다녀왔었다. '롱웽'이라는 메콩강변에 있는 작은 마을이 었다. 주로 벼농사를 짓고 사는 오지에서, 우리는 부랴부랴 캠프를 차렸다. 주어진 시간은 단 2주. 당연히 마음이 급했다. 아침 일찍 눈곱도 떼지 못한 얼굴로 아침 식사를 마치면, 작은 배에 장비와 대원을 잔뜩 태우고 들어가, 해지기 전까지 땀 흘리며 공사를 진행했다. 해가 지기 전에 철수해야만, 무사히 돌아갈 수 있었기에 숨 돌릴 틈 없이 일했다. 어두운 강을 불빛 없이 건너는 건 목숨을 걸어야 할 정도로 많이 위험하니까. 멀리 해외 봉사활동까지 와서 뉴스거리가 되긴 싫었다. 그렇게 돌아와도 저녁 식사까지 챙겨 먹으려면 결코 넉넉한 시간은 아니었다.

'아, 조금만 더 자고 싶은데, 짜증난다, 진짜'

아직 새벽어둠이 채 물러가기 전인데도 주변이 소란스럽다. 현지인의 하루 시작은 해 뜰 무렵이 아닌가 보다. 아직 어둠이 걷히기 전 새벽, 하루의 시작을 알리는 새벽닭이 자지러지게 홰를 치며 울 때, 주위는 금방 분주해졌다. 여기저기서 움직이는 사람 소리, 알아들을 수 없는 주고받는 말소리. 우리를 위해 '깨지 않을까 조심해주는' 이런 건 기대할 수도 없다. 전기 공급이 거의 없는 이 지역에서의 아침은 정말 일찍 시작된다. 해가 지면 특별히 할 일이 없으니 일찍 자기 때문이다. 시계도 그다지 필요 없다. 그냥 해 뜨면 일하고 해지면 자는 그런 삶이다.

그때 문득 이런 의문이 들었다.

'만약 신이 사람에게 시간을 선물해 준 것이라면 그 목적은 무엇일까?'

그렇게 몇 분 몇 초를 따지며 사는 사람들이 아님에도 불구하고, 나이와 생일은 정확히 기억하고 기념한다. 놀랍다. 자신의 부모가 얼마를 향수하다 죽었는지도 안다. 심지어 지뢰에 발목을 잃은 때를 기억하고 가슴 아파한다. 태어난 지 얼마 안 되어 죽은 아이도, 생후 몇 개월 만에 죽었는지를 계산한다. 벼농사가 주된 생업이기에 비는 언제쯤 오기 시작하고, 메콩강의 수위가 언제쯤 올라가 농사에 지장이 있는지도 따질 줄 안다.

그런데 이상하다. 우리는 왜 그렇게 시간을 따지고 정확히 계산하려 할까? 물론 각자에게 주어진 시간의 양이 한정되어 있고, 한정된 시간 안에 성취해야 할 일이 있기 때문이겠지만, 그렇게 몇 분 몇 초를 따지며 살아가지 않아도 크게 지장 없어 보인다. 이것은 동물이나 식물과 크게 다를 바 없다. 본능에 따라 사는 거니까. 그런데 오직 사람만이 가질 수 있고, 운영할 수 있는 시간의 개념이 있다. 조금 더 깊이 생각해 보면, 그것은 시간을 사용하여 무엇인가를 성취할 수 있다는 의미이기도 하다.

그래서 난 사람만이 누리고 운영할 수 있는 시간의 개념이 있다고 생각한다. 그 시간의 개념은 오직 사람을 위해서만 존재한다. 사람은 미숙하고 불완전하기 때문에 성숙한 존재로 변화할 수 있다는 의미다. 결국 시간이 존재하는 목적은, 아니, 다시 말해 사람이 시간을 좀 더 특별하게 운영하려고 하는 목적은, 다름 아닌 사람을 위한 것이 아닐까?

이런 말을 들어 보았을 것이다. "시간은 사람을 철들게 한다." 철이 일찍 드는 사람도 있고, 늦게 철드는 사람도 있다. 죽기 전에야 비로소 철드는 사람도 있다. 심지어는 죽을 때까지 철이 들지 않는 사람도 있다. 이처럼 시간은 '사람'이라는 존재에게 요람에서 무덤까지 선택의 기회를 제공하기도 하지만, 주어진 시간에 최대한 올바른 선택을 할 책임과 의무도 동시에 가지게 한다.

그렇기에 시간과 사람의 관계는 불가분이다. 우연偶然이 아니라 필연必然이기 때문에, 시간을 인식하기 시작하면서부터 바른 선택을 위해, 생각할 기회를 얻는 것은 대단히 중요하다. 시간의 목적을 알기 위해서는 시간이 무엇인지를 먼저 알아야 한다. 시간의 정체를 알아야 그 목적도 알게 된다. 그래야만 잃어버린 시간을 되찾을 수는 없어도, 주어진 시간만큼 다시 도전해 볼 수 있는 열쇠를 손에 잡을 수 있다. 잃었다는 것은 되찾을 수도 있다는 뜻이다. 그러나 애석하게도 이 말은 모든 사람에게 통용되는 것은 아니다.

메콩강 그 작은 마을에서 문득 떠오른 의문이 '시간'에 대해 더 깊게 생각하게 된 계기가 되었다. 똑같은 시대 '지구'를 살아가는 똑같은 '사람'이지만 왜 하나도 똑같은 게 없는 걸까? 그 이유엔 물론 여러 배경이 있을 것이다. 교육, 사회 환경, 가치관 등 이를 나열하자면 끝도 없는 이유가 나오겠지만, 나는 확신한다. 그 모든 이유에 대한 '최대공약수'를 꼽으라면 '시간'이라고. 내게 주어진 '시간을 어떤 목적으로 사용하느냐'가 그 하나도 같은 게 없는 사람들 모습의 이유라고 말이다.

시간은 이처럼 사람과 관계하여 각자의 특별한 목적에 철저하게 관여한다. 우리가 지금 살아 숨 쉬며, 오늘이라는 하루를 영위하는 것은 목적을 향한 선물 같은 날이라는 사실을 인정해야 한다.

시간을 연주하라!

오늘이라는 시간의 축복

'오늘', '지금'이라는 말처럼 지극히 현실적인 단어는 없다. 365일 중 오늘은 가장 축복된 날이며, 지금은 어떤 것과도 비교할 수 없는 위대한 순간이다.

"그딴 말이 어디 있어"라고 항변할 사람, 분명히 있다. 지금, 이 순간이 가장 슬프고, 오늘이 어떤 날보다 지옥 같은 날인데, 선물, 축복, 위대한 순간? "웃기지 말라고 그래" 얼마나 사치스러운 말인가, 당장 죽고 싶은 심정으로 근근이 견디는 사람에게는, 사치스럽다 못해 빈정 상할 정도로 기분 나쁜 말이다.

"○○ 아버지가 돌아가셨다더라." 이런 식으로 누군가의 죽음을 전해 듣던 시절이 있었다. 신문지 한편에 유명 정치인, 경제인의 부고 소식이 실리고서야 비로소 안타까워했고, 사건·사고로 인한 죽음에 관한 소식을 접했었다. 하지만 TV와 인터넷이 발전하면서 눈뜨면 듣는 것이 죽음에 관한 소식이다. 안타까운 죽음부터 비참한 죽음까지 다루지 않는 죽음이 없을 정도다.

2014년 4월 16일, 안산 단원고 학생 325명을 포함해 476명의 승객을 태우고 인천을 출발해 제주도로 향하던 세월호가 전남 진도군 앞바다에서 급 변침을 하며 침몰했다. 구조를 위해 해경이 도착했을 때, '가만히 있어라!'는 방송을 했던 선원은 승객들을 버리고 가장 먼저 탈출했다. 배가 침몰한 이후 구조된 사람은 단 1명도 없었다. 나라를 온통 뒤집어 놓은 사건으로 모두가 기억하고 있다. 왜 적극적으로 구조를 하지 않았는지, 선원들은 무엇 때문에 승객을 방치하고 먼저 탈출했는지, 어느 것 하나 속 시원하게 밝혀지지 않은 채, 많은 시간이 지나버렸다. 기울어지며 침수되는 상황 속에서 부모에게 보내는 마지막 사랑의 메시지가 복원되고 공개되었을 때 얼마나 울었던가? "배가 기울었어요. 물이 들어와요. 아악, 엄마 사랑해!" 얼마나 고통스러운 순간이었을까, 그들의 죽음은 무엇으로도 보상할 수 있겠는가?

그들은 알았을까? 수학여행이 아니라 죽음 여행이 되리라는 사실을. 그렇다, 우리는 언제 죽을지 모른다.

재력가의 아버지, 귀족 집안의 어머니 사이에서 태어나 발레 수업도 받으며, 배고픔과는 거리가 먼 유년 시절을 보내는 한 소녀가 있었다. 그러나 2차 세계대전이 발발하면서 아버지가 투옥되고 가세가 기울기 시작했다. 이 전쟁은 한순간에 귀족 집안의 부잣집 딸이었던 소녀를 튤립 뿌리로 근근이 끼니를 해결하는 가난한 여자아이로 만들었다. 가혹한 전쟁을 겪으며 기적같이 살아남은 이 소녀는 훗날 아주 오랫동안 대중의 사랑을 받는 '오드리 헵번'이다.

오드리 헵번은 이후에 전쟁의 고통스러웠던 시간을 아들에게 편지로 남겼다.

'분명 전쟁은 끝났는데 내 인생은 여전히 전쟁 중이었다. 전쟁 후에 먹고살기 위해 안 한 일이 없었지. 그러다 영화 단역 일을 하며 배우라는 새로운 꿈을 가지게 됐단다. 연기하는 순간만큼은 발레를 할 때처럼 자유로운 기분이 들었었지. 이 꿈이 생긴 이후로 호텔 접대원, 승무원, 담배 판매원까지 연기만 할 수 있다면 그 역할이 무엇이든 했었지. 그러던 어느 날 내게도 기회가 찾아왔단다. 제작비가 부족했던 한 영화감독이 신인인 나를 캐스팅한 거야. 그리곤 감독도, 나도 예상치 못한 일이 벌어졌단다. 영화가 개봉하고 집 밖을 나섰는데 사람들이 날 보더니 놀라 소리치며 말했어. "로마의 휴일의 오드리 헵번!" 그때, 그동안 나를 지치고 힘들게 했던 내 전쟁도 끝이 났단다.

아들아 삶은 항상 좌절을 주고 때론 네 꿈을 포기해야 하는 상황이 올지도 모른단다. 하지만 그때마다 기억해주겠니. 세상은 꿈을 좌절시킬만한 힘을 충분히 가지고 있지만 거기까지일 뿐, 다시 한번 해보려는 마음까진 어떻게 하지 못한다는 것을. 그러니 좌절할지라도 계속 꿈은 꾸어라. 인생은 변덕이 심해서 이유 없이 모든 것을 앗아가기도 하지만, 포기하지 않는 자에겐, 꼭 한번 기회를 주니까.'

그녀는 1988년 유엔 유니세프UNICEF의 명예대사가 되어 남미와 아프리카 어린이 돕기에 나섰다. 여배우로서 나아가 인도주의자로서의 역량을 유감없이 발휘했다. 그녀는 1993년 1월 20일 스위스에서 사망할 때까지 대사직을 수행했다. 오드리 헵번은 자신의 죽음을 알고 있었을까? 아마도 몰랐을 거다. 누구나 자신이 최정상의 자리에 있을 때는 죽음에 대해 생각하지 못하는 법이니까 말이다. 이렇게 아름다운 여인은 영원히 죽지 않고 사랑만 받을 줄 알았는데, 어김없이 그녀에게도 죽음은 찾아왔다.

이소룡 패션을 아는지 모르겠다. 노란색 상하의에 검은색 한 줄이 들어간 체육복 패션은, 절로 이소룡을 떠올리게 할 만큼 강한 인상을 주었다. 쌍절곤을 들고 무예를 펼치는 이소룡의 근육질 몸매는 당시 많은 사람의 감탄을 자아냈고, "끼요!" 하며 쌍절곤을 휘둘렀던 청소년이 얼마인지 헤아릴 수 없었다. 엽문에게 영춘권을 사사받고 절도권을 정립했으며, 영화 '용쟁호투'를 통해 무술인의 이미지를 강하게 심었던 그는 33세라는 젊은 나이에 유명을 달리했다. 그의 죽음을 믿는 사람은 없었다. 그의 사망 원인이 분명하게 밝혀지지 못한 채, 시애틀 묘지에 안치되었다. 대체로 사람들은 근육질 몸을 건강의 상징으로 알고 있고, 운동을 열심히 하면 건강하게 오래 살 수 있다는 생각을 하고 있다. 정말로 그럴까?

원광대학교 보건복지학부 김종인 연구팀은 48년간(1963~2010) 언론에 발표된 3,215명의 부음기사와 통계청의 사망통계 자료 등을 바탕으로 국내 11개 직업군별 평균수명을 비교 분석한 결과를 발표했다. 놀랍게도 체육인은 평균 연령 67세로 전체 순위 중 9위에 불과했다.

가장 장수하는 직업군은 종교인인데, 평균 80세까지 산다고 한다. 최근 10년간의 자료를 보아도 역시 종교인은 82세, 체육인은 69세로, 비교적 큰 변화는 보이지 않았다. 육체적 건강이 중요하게 여겨지는 시대에 정신적 건강의 중요성이 더욱 강조되는 연구 결과를 보여준다.

'얼마나 오래 사는가.' 이것이 중요한 것이 아니다. 언젠가는 누구나 죽는다는 사실이다. 사람은 누구나 죽는다. 이것은 팩트다. 부인할 수 없다. "우리는 언제 죽을지 모르는 존재"라는 말은 절대 피할 수 없는 명제다. 내일 당장 죽을지도 모른다고 생각하면 무엇을 할 것인가? 만약 죽기 전에 하고 싶은 것이 있다면 모든 것을 다 팔아서라도 하지 않겠는가?

'세상의 끝까지 21일'이라는 영화가 있다. 소행성과 지구의 충돌로 인한 지구 멸망을 소재로 한 영화다. 더 이상 신선하지도 식상하지도 않은 그런 영화다. 제목처럼 지구의 종말도 소행성에 관한 영화가 아니다. 극적인 효과를 위해 미지의 소행성과 21일이라는 제한적 공간과 시간을 빌렸다.

이제 살날이 얼마 남지 않은 사람들은 비로소 자신들의 본 모습을 표출한다. 종말이 선포되자 남편을 버리고 떠나는 아내, 하늘에서 여자들이 비처럼 떨어진다고 신나 하는 사람들, 총과 돌을 던지며 약탈자로 변한 성난 남자들, 이들 사이에서 조금 떨어진 주인공도 인생의 한계 속에서 어찌할 바를 모른다. 이웃집 여자주인공은 죽기 전에 잘못 전달된 편지를 전해주며, 가족사진 앨범을 품에 안고, 낯선 남녀 주인공은 첫사랑과 사랑하는 가족을 찾아 떠난다는 로드무비다.

가장 소중한 것을 찾아 떠나는 주인공에게 시간과 공간은 한계로부터 자유로워진다. 공포와 불안 어떤 조바심도 없다. 서서히 자신이 잊어버린 것이 무엇인가를 찾아가기 시작한다. 그것은 바로 친구다. 인생의 마지막 순간에 함께 할 수 있는 친구를 찾아가는, 그것이 자신을 찾는, 자신이 사랑하는 사람을 찾아가는 마지막 여정이다. 남자 주인공은 평생을 미움 속에 살았던 자신을 버리고 떠난 아버지를 만나게 된다. 그 집의 강아지 이름은 'Sorry'(미안해)다. 아들이 아버지에게 묻는다. 나에게 하고 싶은 말이 없냐고, 아버지가 한 한마디 말은 '미안하다!'였다. 인생은 진정한 화해를 향해 나가는 여행이다. 거창한 표현이 필요치 않다. 자신이 가지고 있는 마음을 그대로 표현하는 것, 그것이 가장 소중한 것임을 알게 하는 영화다.

이 영화처럼 우리의 시간이 21일밖에 남지 않았다 해도 인생에 모자람은 없다. 그래서 오늘은 선물같이 아름다운 날이며, 축복처럼 부여받은 날이다. 왜냐하면 가장 소중한 것, 가장 잘하는 것, 가장 즐거워하는 것을 찾아 떠날 수 있는 날이기 때문이다.

시간을 조율한다는 것은 이처럼 '가장 소중한 것에 빠지기'와 같다. 심장을 뛰게 하고, 나의 모든 소유를 기꺼이 팔 수 있는 상대를 찾아야 하는 것처럼, 시간 조율을 하기 위해서는 마음 설레게 하는 목표를 찾는 것이다. 이것을 발견하게 되었을 때, 비로소 시간 조율이 가능해진다.

가장 소중한 목표를 찾으면. 목표 달성을 위한 수많은 일이 생겨난다. 어떻게 이것을 다 해낼 수 있을까 하는 중압감이 발생한다. 그래서 많은 사람이 게을러지고 절망하고 포기하게 된다. 그래서 목표 달성을 위한 시스템이 절실하게 요구되는 것이다. 꼬일 대로 꼬인 수많은 일을 하나씩 처리해 나가면 성취감, 만족감을 느끼고 자신감을 회복하게 된다. 목표 달성은 단편적 사건이 아니라 프로세스가 반복되는 지속성이다. 그러므로 시간 조율은 인생 설계이며 시간 조율 방법을 배워야 하는 이유다.

오늘은 그대를 만나는 날
하늘은 오색 빛, 내 마음은 사랑 빛

청주 정북동토성 '하늘빛 마음 빛', 2017-06-03. 오후 7:45, 작가 · 김재길

TIME TUNER

제3장
목표가 없어도 완벽할 수 있다

이제 출발하자

시간 조율의 첫걸음을 어떻게 시작하는 것이 좋을까? 덮어놓고 시간관리 애플리케이션을 켜고 오늘 무엇을 할 것인지 기록하는 것이 아니다. 내가 가장 좋아하는 일, 가장 잘할 수 있는 일, 가장 하고 싶은 일이 무엇인지를 분명하게 확정하는 데서 출발한다. 그래야 목표를 달성하기 위한 효과적이고 생산적인 시간 조율이 이루어질 수 있다.

명확한 목표가 없이 시간 조율을 한다는 것은 에너지 낭비에 불과하다. 이런 행동은 과거의 삶을 답습하는 것과 같다. 시간 관리 애플리케이션이나 다이어리를 펴고 일정을 세우고 사용한 시

시간을 연주하라!

간을 기록하는 것은, '오늘을 열심히 살았구나'라고 느끼겠지만, 그것은 혼자만의 착각이다.

이러한 행동은 집 앞에 세워진 택시를 타고, 목적지를 말하지 않는 것과 같은 행위다. "○○○로 가 주세요."라고 말할 수 있어야 한다. 다시 말하면 40세의 어느 날 나는 어떤 일을 하고 있는지, 어떤 사람과 협업을 하는지, 가족 구성은 어떠한지, 어떤 집에서 살고 있는지 등을 구체적으로 기록하고 말할 수 있어야 한다.

우리는 그동안 시간이 무엇인지, 잃어버린 시간은 없었는지, 그리고 시간의 목적이 무엇인지에 대해 살펴보았다. 이제 실제로 시간이 내 편이 되는 길을 모색해야 한다. 하나씩 실습을 병행하면, 놀라운 결과를 맞게 될 것이다.

인생 여행에는 티칭Teaching, 상담Counseling, 컨설팅consulting, 트레이닝Training, 코칭Coaching 등 다양한 교통수단이 있다. 특정 방법만 고집할 필요는 없다. 상황에 따라 각각의 수단을 적극적으로 활용할 수 있다. 하지만 지금까지 선택의 여지가 없이, 학교에 진학하기 전부터 100%에 가까울 정도로 티칭Teaching과 트레이닝Training을 강제적으로 받았다. 이것이 우리 공교육의 현실임과 동시에 우리네 부모도 암묵적 동의하에 자녀를 방치하듯 떠맡겼으니, 안타까운 현실이다. 누구의 책임이라고 말하기에는 문제가 너무 커졌다.

마르쿠스 베르센은 '삶을 위한 수업'에서 "가르친다는 것은 무엇일까. 일방적으로 부어 넣는 것이 아니다. 언어를 가르치는 선생님은 종종 '비어 있는 학생의 머리에 뭔가를 채워줘야 한다.'라고 생각하기 쉽다. 그래서 선생님은 칠판 앞에서 말하고 아이들은 따라 하게 한다. 하지만 자동차 연료통에 기름을 부어 넣듯이 해서는 효과가 없다."라고 했다. 방식이 달라져야 한다는 말이다. 채우는 교육에서 발견하는 방식, 즉 스스로 답을 찾는 방식으로의 전환이 필요하다는 말이다. 교육의 방법이 바뀌는 시대다. '플립 러닝'(거꾸로 수업), '하브루타 학습법', '미네르바 교육' 등이 대표적 사례라고 할 수 있다. 모든 것이 변하고 있다. 철밥통 같은 교육방식도 변화의 몸부림을 치는데 나는 어떤가, 스스로 변화에 뛰어들어야 한다.

또한 때때로 누군가에게 상담Counseling을 받아보기도 했고, 능력 있는 지인으로부터 컨설팅consulting을 빙자한 충고도 받았지만, 그 또한 변변치 않았다. 금수저, 흙수저로 구분되어 미래의 희망은 뜬구름 잡는 상황이 됐으니 안타깝기만 하다.

이제 선택의 기회가 왔다. 새로운 교통수단이 생겼다. 바로 코칭Coaching이다. 대학이라는 새로운 출발선에서 새로운 선택을 할 수 있는 기회가 왔다. 인생 여행을 위해 어떤 수단을 이용할 것인가? 마차Coach인가, 기차Train인가, 두 교통수단의 차이점을 진지하게 생각해 보라.

마차Coach는 최소한의 사람이 이용할 수 있고, 내가 목적지를 정하고 정확히 그 지점까지 갈 수 있는 교통수단이다. 중요한 특징은 마차를 이용하는 동안 마부와 지속적인 대화가 가능할 뿐만 아니라, 대화를 통해 자신의 상태와 필요를 수시로 점검하고 보완할 수 있는 장점이 있다는 것. 또한 목적지가 잘못되었을 경우 즉각적인 변경도 가능한 교통수단이 바로 마차라고 할 수 있다.

반면에 기차Train는 어떤가? 대다수 사람이 이용한다. 목적지가 정해져 있다. 고객의 입맛에 맞는 목적지를 가진 기차를 선택해야 한다. 중요한 특징은 많은 사람을 한꺼번에 정해진 목표까지 일방적으로 이동시키기 때문에 단기적 효과가 뛰어날 수 있다. 한편 기관사와 대화할 수 없다는 단점이 수반된다. 필요에 따라 수정·보완할 방법이 없다. 목적지가 잘못되었을 때에는 중간에 포기하거나, 처음부터 다시 시작해야 하는 교통수단이 바로 기차다.

이런 차이점은 옳고 그름의 문제가 아니라, 얼마나 효율적이며 생산적인가라는 선택의 문제다. 나는 새로운 출발점에 서 있는 당신에게 마차Coach를 이용하기를 권한다. 인터넷 검색만으로도 주변에 당신을 돕기 위해 준비된 코치가 대기하고 있다. 그의 마차에 올라타고 본격적인 인생 여행을 시작해야 한다.

나 홀로 여행족도 있지만, 그래도 여행은 함께하는 맛이지 않겠는가. 인생 여행에 있어 나 홀로 여행은 비추천이다. 우스갯소리가 생각난다. "어떤 사람은 파리를 따라갔더니 화장실이, 어떤 사람은 꿀벌을 따라갔더니 꽃밭이, 어떤 사람은 부자를 따라갔더니 돈더미에, 어떤 이는 거지를 따라갔더니 쓰레기 더미였다." 인생 여행에서는 누구와 함께하느냐가 매우 중요하다는 말일 것이다. 남자가 아무리 똑똑해도 여자가 없으면 자식을 낳지 못한다. 이것은 '협업'이 중요하다는 뜻이고, 완벽하게 보장되려면, 아무리 큰 통의 물을 산다고 해도 우물 하나 파는 것보다 못하다. 이는 '소통'이 중요하다는 뜻이다. 인생 여행은 수많은 일과 마주할 수 있다. 예상치 못한 도전에 직면하게 될 때, 신속하게 도움을 받을 수 있는 동행자가 곁에 있다는 것은 큰 힘이 되지 않겠는가? 인생 여행은 상호 책임관계를 위한 동행자를 선택해야 한다. 말 그대로 상호 책임관계다. 격려, 축하, 인정, 배려, 협업, 책임 등으로 끝까지 여행을 완성하도록 돕는 관계를 세우는 것이다. 예상치 못한 도전으로 정체되거나 포기하고 싶을 때, 등을 기대어 힘을 부여 받고 부여해 줄 동행자를 옆에 두는 것은 축복 그 자체라고 할 수 있다.

Coaching Tip

1. 인터넷을 통해 코칭회사(코치)를 검색하고 신뢰할 만한 곳 5개를 선택하여 기록하라. 당신에게 적합한 코치를 발견했는가?

   1)

   2)

   3)

   4)

   5)

2. 코칭이란 마차를 타고 인생 여행에 함께할 동행자를 3명 이상 추천해 기록하고, 그중 한 명과 상호 책임관계 맺고 아래의 서약서를 작성하고 낭독하라.

   1)

   2)

   3)

서 약 서

나는 _____ 과(와) 함께 _____ 코칭에
참여하는 동안 인생 여행의 동행자로서 격려하고, 축하하며,
인정하고, 배려하며, 협업함으로써 책임을 다해 목적지까지
성실히 동행할 것을 서약합니다.

20   년   월   일

동행자: 서명

동행자: 서명

나는 SMART한 사람

"목표를 명확하게 설정하면
그 목표는 신비한 힘을 발휘한다.
또 달성 시한을 정해놓고 매진하는 사람에게는
오히려 목표가 다가온다."

- 폴 J. 마이어 -

"너의 비전Vison이 뭐야?" "너의 목표Goal는?" 이런 질문 안 받아 본 사람이 있을까? 단언컨대 한 사람도 예외 없이 들었던 질문이다. 이 질문에 서슴없이 대답한 사람도 있고, 우물쭈물 대답 못 한 사람도 있다. 대답을 못 하거나 미뤄 놓았어도 "괜찮다, 답을 못했으면 어떤가." 아직 늦지 않았다. 지금 말할 수 있으면 된다.

비전Vison이란 사전적 의미로 볼 때, '내다보이는 미래 상황'이라고 한다. 다시 말하면, 실제로 눈에 보이는 것이 아니라, 생각 속에 그려지는 것이다. 일론 머스크Elon Musk, 스페이스엑스의 최고경영자는 '화성에 식민지를 건설하겠다.'라는 비전Vison을 보았고 빌 게이츠Bill Gates, 마이크로소프트 공동창업자는 '모든 가정마다 컴퓨터가 한 대씩 보급되는 세상'을 비전Vison으로 보았다. 비전Vison은 한마디로 '보는 것'이라고 할 수 있다. 단순히 보는 것이 아니라 볼수록 기쁘고, 즐겁고, 이루고 싶은 것이다.

그렇다면 목표Goal를 세운다는 것은 무엇을 의미하는가? '보는 것'과 매우 흡사한데 보는 것을 현실화하는 계획이라고 할 수 있다. 지금 앉아 있는 자리에서 주변을 둘러보라. 무엇이 보이는가? 노트북, TV, 휴대전화 등은 과거에 존재하지 않았다. 그렇지만 누군가는 보이지 않던 것을 보았고 그것을 실제화해 지금 우리가 유용하게 사용하게 되었다. 이것이 목표Goal다.

목표를 기술하는 것은 목표가 실제가 되게 하는 첫 단계다. 대부분의 사람에게 기록된 어떤 것은 다른 무엇보다도 좀 더 중요하게 생각한다. 그렇기 때문에 목표를 글로 기록하는 것은 무엇보다도 중요하다고 할 수 있다. 왜 목표를 기록하는 것이 중요할까? 첫째, 목표를 기록하면 당신으로 하여금 그 목표를 보게 한다. 둘째, 목표를 기록하는 행동이 당신의 헌신을 만든다. 이러한 중요성에도 불구하고 인구의 5% 미만이 자신의 꿈이나 목표를 실제로 세우거나 글로 기록한다는 것은 굉장히 놀라운 일이다.

나는 목표 설정에 대해 강의를 할 때 'YALE 3%'에 대해 강조한다. 1953년 미국 동부의 명문인 예일대학 졸업생에게 다음과 같은 설문을 실시했다. "당신은 목표를 설정했는가?" "그 목표를 글로 적었는가?" "목표를 이루기 위한 계획은 세웠는가?"라는 세 가지 질문이다. 설문 결과, 모두 '예스'라고 대답한 졸업생은 응답자의 3%에 불과했다.

그로부터 20년 후인 1973년 졸업생 중에서 생존한 사람을 조사했는데, 놀라운 사실이 밝혀졌다. 그 해 졸업한 학생의 20년 후 총자산 가운데 무려 97%를 이 3%밖에 안 되는 졸업생이 소유하고 있었다는 놀라운 사실이다. 목표를 가지고 있고 그 목표를 글로 적었으며, 세부계획을 세웠던 3%는 세계적인 리더가 되어 있고, 명확한 목표를 가지고 있었던 10%는 자유로운 삶을 영위하고 있으며, 간단한 목표를 가졌던 60%는 생계에 지장이 없을 정도였으며, 놀랍게도 별다른 목표가 없었던 27%는 하위 시민으로서 사회구호에 의존하고 있었다.

이것이 바로 목표가 가진 힘이다.

목표가 희미하면, 희미하게 심고 희미하게 거두게 된다. 당신이 원하는 것을 알면, 절대적인 필요성을 갖게 되고, 원하는 결과를 얻기 위해 체계적인 접근을 시도할 뿐만 아니라 시간을 잃어버린 사람이 아닌, 시간을 조율할 수 있는 사람으로 힘을 부여받게 된다.

우리는 꿈이라는 말을 인생의 비전이나 목표 등과 동의어로 사용한다. "꿈을 가져라." "꿈은 이루어진다." 등이 그것이다. 사람들은 오래전부터 꿈을 해석하려는 노력을 해왔다. 그러나 꿈은 마치 컴퓨터에서 열리지 않거나, 열려도 무슨 뜻인지 모를 특수문자나 기호 등이 나열된 문서 파일과 같다.

코덱CODEC이 없거나 맞지 않으면, 동영상도 재생되지 않고 해독이 되지 않듯, 인간의 뇌 속에 코딩되어 있지 않은 꿈의 부호를 해석하는 일은 쉽지 않다. 그 부호를 스스로 만들고 구체화한다면, 가진 꿈을 이루어 낼 수 있다.

내가 바라는 미래의 꿈을 구상해야 한다. 가장 즐겁고, 잘할 수 있으며, 가슴 뛰게 하는 그것을 바탕으로 40세가 되었을 때의 자신의 모습을 상상해보라. 자신이 원하는 미래의 모습을 그려보고 하고 싶은 것, 갖고 싶은 것을 성취하는 자신의 모습을 이미지화해야 한다. 신나고 즐거운 삶을 이루어가는 자신의 모습을 상상하고, 이러한 장면을 편집하여 반드시 글로 구체화해야 한다. 이것이 바로 꿈이 목표가 되는 과정이다.

목표를 명확히 하는 것만으로도 주변 사람의 도움을 얻을 수 있다. 목표에 대한 확신을 멈추지 않으면, 내면에 있는 두려움과 의심을 자신감으로 바꾸어가는 경험을 하게 된다. 현명한 인생을 설계하고자 한다면, 무작정 운명을 기다려서는 안 되며, 우연한 기회가 주어지더라도 부단한 노력으로 바꾸어야 가치를 발할 수 있다. 아이디어는 처음에는 생명과 활력과 방향을 제시해 주어야 하지만, 그러는 동안 곧 자신의 힘으로 일어서서 모든 장애를 헤쳐 나갈 수 있게 된다.

위에서 언급한 예일대 조사 이후 하버드 경영대학원에서도 비슷한 연구가 수행되었다. 1979년 하버드 MBA 과정 졸업생 중

3%는 자신의 목표와 그것을 달성하기 위한 계획을 구체적으로 글로 기록했는데, 13%는 목표는 있었지만, 기록하지 않았고, 나머지 84%는 목표조차 없었다. 10년 후, 1989년에 목표가 있었던 13%는, 목표가 없었던 84%의 졸업생들보다, 평균 2배의 수입을 올리고 있었다. 뚜렷하고 구체적인 목표를 가진 3%는, 나머지 97%보다 무려 평균 10배의 수입을 올린 것으로 조사되었다.

이 조사를 통해 목표를 설정하는 것뿐만 아니라, 그것을 구체적으로 글로 표현해서 가시적으로 나타내 보이는 것이 대단히 중요함을 알 수 있다.

예일 대학교와 하버드 대학교의 실험 결과는, 학창 시절부터 목표를 설정하는 일이 얼마나 중요한지 알려주는 좋은 사례다. 사람들은 목표 정하는 것을 두려워하는 습성이 있다. 목표가 있으면 삶의 방식이 달라지고, 미래의 모습도 달라지는 걸 알면서도 목표를 글로 기록하지 않으려고 한다. 왜 그럴까? 현재 상태가 편하고 좋기 때문이고, 목표를 실천하는 것에 대한 부담감, 현실 안주라는 유혹, 실패할지도 모른다는 두려움 때문이다.

이렇게 목표를 쉽게 정하지 못하는 이유를 잘 생각해 보면, 목표 달성은 결코 쉬운 일이 아니라는 사실이다. 그렇기 때문에 사람들은 아예 '목표를 갖지 않는 것'으로 위안을 삼는다고 볼 수 있다. 자신에게 실망할까 봐 두려워서 목표를 정하는 것 자체를 피하고 거부하는 것이라고 단정한다면 무리일까? 목표 설정은 빠를수록 좋다. 10분 뒤와 10년 뒤를 동시에 생각해야 한다.

구체적인 목표를 써서 책상 앞에 붙이거나, 그것을 휴대전화 또는 컴퓨터의 바탕화면이나 다이어리에 적어서 다닌다면, 예일대 졸업생 3%처럼 될 수 있는 가능성이 있다고 볼 수 있다. 설정된 목표를 계속 상상하는 것만으로도 인생의 큰 변화를 불러오는 것은 자명한 일이다.

아울러 목표관리는 훈련되어야 한다. 목표를 정하는 데도 요령이 있다. 목표의 유형은 대상과 기간과 형태에 따라 개인 목표와 기업 목표, 가정의 목표와 사회적인 목표, 단기 목표와 장기 목표, 질적 목표와 양적 목표 등으로 나누어진다. 이러한 다양한 목표가 머릿속에만 있어서는 효과가 없다. 반드시 글로 기록되어야만 한다.

이제 아래에 제시한 코칭-팁을 실행하고 인생 여행 동행자와 나눔의 시간을 가져라.

Coaching Tip

1. 나의 목표 찾기

이 연습은 모든 목적 찾기의 출발점이다. 각각의 질문에 대하여 당신의 답변을 기록하기 바란다.

○ 당신의 삶에 긍정적인 영향력을 끼친 사람은 누구인가?

- 이름은?

- 그 사람에게서 당신이 흠모할 만한 것은 무엇인가?

- 그 사람에게서 당신이 배우는 것은 무엇인가?

....

....

....

....

....

....

Tip 우리가 살아오면서 만난 사람이어도 좋고, 훌륭하게 성공한 유명한 사람이어도 좋다. 자신이 원하는 것을 이루어낸 사람 2~3명을 생각해 보라. 그리고 그들을 성공으로 이끈 자질과 행동, 인격과 성품을 몇 개의 단어로 구체화하라.

"아드난 카쇼기는 록펠러를 본받았다. 그는 돈 많은 사업가로 성공하기를 원했기 때문에 그 방면에서 성공한 사람을 본받은 것이다. 스티븐 스필버그는 유니버설 스튜디오에 취직하기 전부터 그곳에 있는 사람들을 본받았다. 실제로 크게 성공한 사람은 모두 올바른 방향을 제시해준 모델이나 조언자 또는 선생님이 있었다는 것은 놀라운 일이 아니다."

2. 당신 자신의 삶을 돌아보라.

 - 당신의 생애에 즐거웠던 때를 적어보라.

 - 날아오를 것 같았던 때는 어떤 활동이나 취미와 관련이 있는가?

 - 어느 완벽했던 날을 기술해 보라.

- 아래와 같은 문장, 다섯 개를 완성하라.

　"나는 ＿＿＿＿＿＿ 하는 것을 좋아한다."

1)

2)

3)

4)

5)

- 위의 답을 검토하면서 당신 자신의 목표를 기록해 보라.

목표Goal에 SMART를 더해보자.

2020년 취업준비생이 가장 취업하고 싶은 외국계 기업으로 '구글 코리아'를 꼽았는데, 무려 57.7%의 응답률(복수)을 보일 만큼 압도적인 결과를 보였다. 이처럼 취업준비생의 대부분이 희망하는 구글의 특징은 무엇일까? 그중에 하나를 말하면, 목표 달성을 위해 OKR 방식을 활용하는 대표적인 회사 중에 하나라는 것이다. 기업이 목표 달성을 위해 최신 기법을 도입하는 이유는 분명하다. 생산성을 높여 기업의 가치를 극대화하는 것이 바로 그 이유다.

OKR 방식은 '어떤 방향으로 갈 것인가Objective'와 '그곳에 가고 있다는 것을 어떻게 알 수 있는지Key Results'의 합성어다. 회사가 먼저 목표를 정하면, 부서와 직원들이 자발적으로 자신의 목표를 설정하는 쌍방향 방식이다. 회사와 팀, 각 구성원이 제대로 된 목표 달성을 위해, 서로 돕는 시스템이라 직원 참여도를 높이는 것이 장점이라고 할 수 있다. 이 방식은 개인에게도 적용 가능하다. 현재 대학생인 당신이 '어떤 방향으로 갈 것인가Objective'라는 거시적 목표, 즉 졸업 후 또는 10년 뒤, 40세의 나의 삶에 대한 양적 목표를 글로 기록하는 작업이다.

예를 들면, "나는 40세가 되는 해에 남해의 무인도를 개발, 33,000㎡의 아름다운 공원을 완성했다. 외부에 개방하고 많은 관광수익을 얻고 있으며, 재투자와 사회복지기금으로 활용하고 있다."

그렇다면 이제 '그곳에 가고 있다는 것을 어떻게 알 수 있는지 Key Results'를 작성해야 한다. 이 과정은 질적 목표라고 할 수 있는데, 아래에 설명하고 있는 SMART 방식과 결합하여, 단계적으로 목표를 기록한다. 이 목표는 비교적 단기간 분기별 또는 연간으로 작성하여 인생 여행 동행자와 공유하고 최대한 많은 인적 자원과 나누어야 한다. 그리고 정기적으로 진행사항을 검토한다면, 체계적으로 목표를 성취할 수 있을 것이다.

목표 설정에 있어서 가장 기본적으로 사용되는 방법은 SMART 방식이다. 조지 도란George Doran이 1981년에 발표한 논문에 소개된 방식이다. 위에서 실행하여 기록한 자신의 목표에 아래의 SMART 방식을 더해 보라.

목표는,
- S(Specific): 명확하고 구체적으로 기술해야 하며
- M(Measurable): 수치로 측정할 수 있게 기술해야 하며

- A(Assignable or Attainable): 분명하며, 달성할 수 있게 기술해야 하며
- R(Realistic or Relevant): 현실적 달성 가능과 가치관과 관련되게 하며
- T(Time-specific): 달성 가능한 시간이 명시되게 기술해야 한다.

Specific, 목표는 구체적인 글로 기록했는가? 구체적 결과를 명시하되 문자화해야 한다. 글로 쓰지 않은 목표는 의미가 없다. 글로 쓴 목표는 시간의 생산성을 높여주며, 자신감을 증대시키게 된다. 목표는 다른 사람에게 분명하게 설명할 수 있을 때 구체적이라고 할 수 있다.

예: "나는 부자가 되고 싶다."라고 하면 구체적인 목표가 될 수 없다. 돈을 얼마나 벌어야 부자인가? "50살이 되면 백만장자가 되겠다." 혹은 "60살이 될 때 현재 수입으로 은퇴하여 노년을 보내고 있다."라는 것이 구체적이라고 할 수 있다.

건강하게 사는 게 목표라고 한다면, 그건 구체적이지 않기 때문에 좋은 목표가 아니다. "하루에 30분을 걷고, 팔굽혀펴기 30번씩, 물 2리터 마시기" 등이라야 좋은 목표가 될 수 있다. "열심

히 자기계발 하기"라고 하지 말고 "매월 두 권의 책을 읽고, 노트에 요약해서, 적어도 3가지 실천 사항을 삶에 적용하기"로 해야 그 목표가 구체적이고 실현 가능성이 확대된다.

Measurable, 수치로 측정이 가능한가? 목표를 달성했을 때 그 사실을 알 수 있어야 한다.

예: "나는 좀 더 나은 교사가 되고 싶다."는 측정 가능한 목표가 아니다. "좀 더 나은 교사는 무엇으로 측정할 수 있나?" "나는 올해 안에 코치 자격증을 취득하여 교과 관련 학생지도기법을 개선하겠다."는 것이 측정 가능한 목표다. "은퇴 후를 위해 열심히 저축하겠다."라고 한다면 측정이 어려워진다. 얼마를 저축해야 목표를 달성하는 것인지, 자신도 헛갈려서 도중에 하차하기 쉽다. "월수입의 5%를 무조건 은퇴를 위한 계좌에 매월 입금한다"로 바꾸거나, 최소 생활비 200만 원에 희망 수명을 곱하면 평생 필요한 자금을 마련할 수 있다. 내가 정한 목표가 확인하기 애매하다면, 구체화하여 숫자로 제시하면 된다. 대부분은 약간만 구체적으로 바꾸어주어도 측정이 쉬워진다.

측정할 수 있도록 계량화나 영상화가 되도록 한다. 막연하고 이념적인 목표가 아닌 숫자로 표시한 구체적인 목표라야 결과의 평가를 분명히 할 수 있다.

Assignable/Attainable, 분명하게 달성할 수 있는가? 몽상이나 실현할 수 없는 것은 목표가 될 수 없다. 실행 가능한 목표를 세우되, 도전 의욕과 성취감을 느낄 수 있어야 한다. 자신이 가지고 있는 능력만큼만 목표를 세운다면, 의욕을 제고할 수 없다.

예: "이번 결혼기념일에는 두 번째 신혼여행을 가겠다."라고 할 때, 결혼기념일은 두 달 후인데 자신은 임신 7개월이라면 성취 불가능한 목표라고 할 수 있다. 또한 50대의 남자가 자신의 키를 10센티를 늘려보겠다는 목표 또한 성취 불가능한 목표다. 신입사원이 3년 안에 부장이나 중역이 되겠다는 목표는 현실적이지는 않다. 회사 매출을 1년 안에 1,000% 늘린다는 목표를 세운다면, 달성할 수 없다.

큰 도전이나 자극을 주는 것은 필요하지만, 달성할 수 있고 현실적인 목표를 세워야 한다.

Realistic/Relevant, 목적이나 우선순위, 가치에 관련성이 높은가? 목표란 자신에게 중요한 것과 자신의 가치를 나타내는 것 사이에 관련성이 있어야 한다.

예: "나는 12월까지 모든 빚을 상환하고 싶다."라고 하면 재정상 어려워 심각한 결단이 필요한 사람과 연관되어 있다고 볼 수 있다.

목표는 현실성에 맞게 설정해야 한다. 아주 먼 미래의 일이나 공상 세계의 목표는 달성될 수 없다. 주변의 여건과 형편에 맞게 하여야 목표 달성이 용이해진다. 내가 추구하는 궁극적 방향이나 가치, 목적과 전혀 관련이 없는 목표는, 결국 시간과 노력만 낭비한다. 동쪽으로 가야 하는데, 서쪽으로 운전 방향 목표를 세운다면 말이 안 되는 것이 자명하듯, 하나만 놓고 보면 쉽지만, 여러 목표를 함께 만들 때는, 상호 간의 관련성에 대해 충분히 주의를 기울여야 한다. 지금 세우는 목표나 계획이 나의 궁극적 목적과 우선순위에 얼마나 관련성이 높은가를 꼭 확인할 필요가 있다.

Time-specific, 기한이 정해졌는가? 목표는 시간상으로 무한정이 아니고, 적어도 기한이 있어야 한다.

예: "나는 미혼모를 수용할 시설을 운영하겠다."에는 시간이 설정되어 있지 않다. "나는 미혼모를 수용할 시설 운영에 필요한 훈련을 3년 안에 이수하고, 앞으로 5년 이내에 사업에 착수하겠다." 라고 하면 시간이 설정된 것이다.

언제까지 이루어 낼 것인지 기한이 없다면 달성을 기대할 수 없기 때문이다. 마감일 없는 목표는 우리를 점점 무력하게 만들 수 있다. 멀더라도 끝이 보여야 더 속도를 낼 수 있고, 마감일을 알아야 거기에 맞도록 나의 시간과 자원을 올바르게 배정하고, 반드시 이루도록 온갖 노력을 다 쏟게 된다. 마감일이 존재하지 않는다면, 나도 모르게 게을러지고 미루게 되어서, 오히려 목표를 이루지 못하는 경우가 많아진다. 언제까지 마쳐야 한다는 기한 설정이 있어야 건강한 긴장을 느낄 수 있고, 실천 의지를 재촉할 수 있다.

이와 같은 SMART 방식에 따라 자신이 기록한 목표를 점검하여, 질적 목표로 정리한다면 목표Goal가 더욱 선명하게 보인다. 목표가 선명하다는 것은 그만큼 열정을 일으킬 강력한 동기부여가 되며, 실천 가능성이 커지게 된다.

목표는 사랑이다. 이 사랑은 식었던 열정을 불타오르게 하고 열정은 실행력을 이끌어 준다. 그 때문에 사랑이 깊어질수록 목표를 성취할 가능성은 그만큼 향상될 수 있다. 하지만, 사랑은 그 대상에 대해 분명하고 구체적이듯이 두루뭉술한 사랑은 사랑이 아니다. 목표도 마찬가지다. 분명하고 구체적이어야 목표라고 할 수 있다.

1. 위에서 기록한 목표에 O·K·R 방식과 SMART 방식을 더하여 자신의 목표를 수정하라.

- O(Objective): 거시적인 목표를 글로 기록하라.

- KR(Key-Result) & SMART 방식으로 연간 또는 분기별 목표로 세분화하라.

2. 위에 기록한 목표를 최소한 20명에게 나누고 선포하라. 어떤 반응을 보였는가? 그 반응과 자신의 감정의 변화를 요약하여 기록하라. 인생 여행 동행자와 결과를 나누라.

번호	이름	반응과 감정	선포일시
1			
2			
3			
4			
5			
6			
7			
8			
9			
10			
11			
12			
13			
14			
15			
16			
17			
18			
19			
20			

3. 목표Goal에 서 있는 자기의 모습 Check-Sheet

- 당신이 ○○후에 도달해 있을 Goal의 모습을 그려보라.

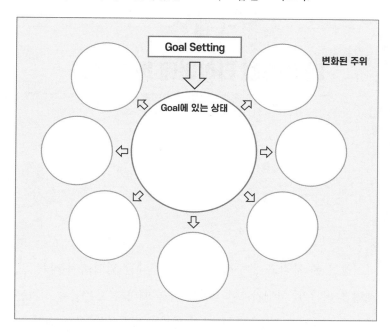

- 가운데 큰 원안에 자신의 목표를 글로 기록하라.
- 작은 원은 목표가 성취되었을 때, 주위의 변화를 기록하라. 예를 들어, 가족의 변화, 직장의 변화, 친구 관계의 변화, 사회적 포지션 변화 등 다양한 변화가 예상될 수 있다. 상상력을 발휘하여 최대한의 변화를 이끌어 내라. 원이 작을 경우, 여분의 용지를 활용하여 기록하여 보라.
- 기록된 Check-Sheet를 인생 여행 동행자 상호 책임관계와 함께 나눠라.

바람 빠진 타이어에 바람 넣기

"정신 좀 차리고 분수를 파악해" "주제를 알아야지"라는 말, 제법 들어본 말 아닌가? 이런 말을 들을 때마다 자존감에 생기는 상처와 절망적인 감정에 사로잡혀 얼마나 많은 시간을 체념한 채 허비하며 살아왔는가.

이제 이런 유의 말을 들어야 할 필연적인 이유가 생겼다. 왜냐면 나에게 무엇과도 바꿀 수 없고 핑계할 수 없는 절체절명의 목표가 생겼기 때문이다. 그러기에 이 말을 더 귀담아들어야 한다. 자신의 처지와 형편, 상황 등을 철저하게 살펴보아야 할 순간이 왔다. 목표는 무턱대고 돌진할 일이 아니기에 나에 대한 현실을 점검하는 것은 대단히 중요한 과제 중의 하나가 되었다.

목표를 행해 첫발을 내딛는 데 어려움을 느끼거나 목표 자체가 너무 방대해서 압도되는 경우가 종종 발생한다. 이러한 일을 사전에 방지하고 편안한 상태를 유지하며, 한 걸음씩 전진할 수 있는 방법이 필요하다. 그래야 시간을 낭비하거나 잃어버리지 않고 주어진 시간을 통해 목표를 성취할 수 있다.

한 번은 이런 일을 겪어 보았다. '자전거를 타고 20여 킬로미터를 달리던 중 자전거의 이상 증상이 나타났다. 핸들이 불안하고 방향 제어가 쉽지 않았다. 확인해 보니 앞바퀴에 펑크가 난 것을 뒤늦게 발견한 것이다. 발견했을 때는 이미 늦은 상태였다. 펑크를 수리할 도구도 없었고 수리점까지의 거리는 상당히 멀리 떨어진 외딴 곳이다. 비상조치로 공기를 보충해 보지만, 얼마 못 가 다시 바람이 빠지는 상황이 반복된다. 결국 더 이상의 라이딩을 포기하고 자전거를 끌고 걸어가야만 하는 난처한 상황이 돼버렸다.'

우리의 삶에서도 이러한 상황은 자주 나타난다. 미리 자신의 현재 상태를 점검하는 것은 필수다. 목표와 관련된 중요한 항목을 나열하고 현재의 상태가 어떠한지? 이 상태를 얼마나 유지할 수 있는지? 가장 시급하게 처리해야 할 것은 어떤 것인지 확인하여 우선순위를 결정해야 한다. 지금 하지 않으면 시간이 지난 뒤에 찾아오는 중압감, 부담감 등으로 인해 포기의 순간도 빠르게 찾아올 수 있다는 사실을 명심해야 한다.

자신의 목표를 다시 꺼내 놓고 생각해 보아야 한다. 목표를 성취하는데, 중요하다고 생각하는 삶의 영역이 무엇인지 찾아보아야 한다. 대략 8가지 정도를 짤막한 단어나 문장으로 기록하는 것이 필요하다. 그리고 아래에 제시한 첫 번째 방법 '삶의 수레바퀴The Wheel of Life'를 완성해 보라.

○ 삶의 수레바퀴The Wheel of Life를 안내에 따라 실행하라.

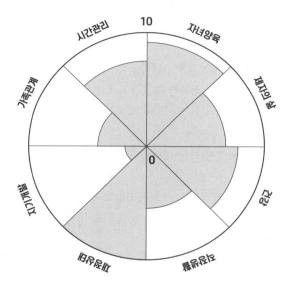

전체 수레바퀴는 삶의 전부를 나타내며, 나누어진 여러 파이들로 이루어져 있다. 예컨대, 건강, 직업, 학교생활, 가족, 재정, 종교, 시간관리, 자기계발 등은, 당신 삶의 중요한 영역이다.

모든 사람은 제각기 다른 요소로 자신의 영역을 구성한다. 아래 질문에 답해 보면서 당신의 수레바퀴의 주요 영역을 채워보라.

- 당신의 시간 사용에 있어 다른 파이가 있다면 그것은 무엇인가?
- 당신의 다른 역할이 있다면 어떤 것인가?

- 당신의 활동에 있어 다른 영역이 있다면 무엇인가?
- 당신의 삶에서 꼭 성공하고 싶은 것은 어떤 것이 있는가?

당신이 찾는 요소로 수레바퀴의 각 파이에 이름을 붙이라.

수레바퀴의 정중앙에는 0을 수레바퀴의 가장자리에는 10을 적고,
각 부분마다 당신이 만족하는 정도를 0에서 10 사이의 점수로 표시하
고 우측 상단의 그림과 같이 라인을 연결하라.

- 이것이 실제로 당신의 수레바퀴라면, 당신의 인생은 어떻게 굴러가
  겠는가?
- 모든 영역에서 만족도 10까지 올라간다면 어떨지 상상해 보라.
- 한 영역을 택하고, 그 영역에서 만족도가 10까지 올라간다면, 무엇
  이 필요한가?

당신이 만일 모든 영역에서 10까지 올라갈 준비가 됐다면, 당신은 올바
른 자리에 있는 것이다. 이 연습은 당신의 삶을 균형 잡도록 도구와 스
킬을 제공한다.

○ 삶의 수레바퀴 워크시트(The Wheel Of Life Worksheet)

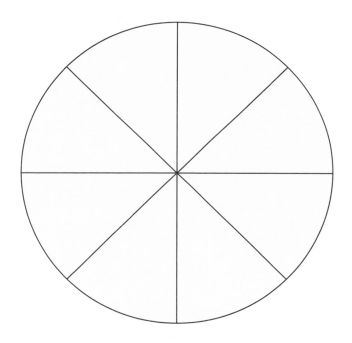

- 삶의 수레바퀴를 완성하였다면, 이제 인생 여행 동행자(상호 책임 관계)와 함께 비교하면서 이야기해 보라.

- 가장 먼저 해결해야 할 영역이 무엇인가? 모색한 해결 방법을 이야기해 보라.

위에 삶의 수레바퀴를 완성하였다면, 이제 두 번째 방법을 실행 보아야 한다. 그것은 바로 '분할하여 정복하기 Divide & Conquer'과정을 말한다. 사람들은 큰 목표 앞에 섰을 때 압도된다. 제풀에 지쳐 버려 소중한 목표를 수면 아래로 잠기게 만드는 경우가 발생하거나 포기할 수 있다. '분할하여 정복하기' 과정은 목표 전체를 분할하여 가볍게 만듦으로써 목표 달성에 착수할 수 있도록 도와주는 역할을 하게 된다.

복지관을 운영하는 원장에게 물었다. "당신의 나이가 60세 되는 어느 날, 하루를 말로 표현해 볼 수 있겠습니까? 무엇을 하고 있고, 어디에 있으며, 어떤 사람들과 함께하고 있습니까? 그날의 기분은 어떠한가요?"

잠시 생각하던 원장이 입을 열어 답했다. "나는 60세 되는 어느 날, 뉴욕의 한 호텔 스위트룸에서 눈을 떴습니다. 룸서비스로 제공된 아침 식사를 하며 그날 연설할 원고를 다시 한번 검토하고 있습니다. 오늘 나는 25년간의 복지관 운영 경험을 연설할 연사로 초대받았습니다. 전 세계의 복지관 원장들이 나의 강의를 듣기 위해, 컨퍼런스 룸에 모일 예정이며 나는 통역 없이 영어로 연설을 할 예정입니다. 기분은 매우 상쾌하며 나의 경험을 전하는 것은 매우 흥미로운 일입니다."

다시 질문했다. "이날을 위해 원장님이 이번 주에 하실 일은 무엇인가요? 구체적으로 말할 수 있습니까?" "나는 이 엄청나고 흥미로운 일을 위해 오늘 우리 복지관 옆에 있는 영어학원에 등록할 겁니다. 일차로 3개월간 집중 영어회화 과정을 이수하려고 합니다. 결과에 따라 1년간 영어회화에 집중하겠습니다."

25년 뒤에 일어날 일을 위해 이번 주에 그리고 1년 안에 실행할 단계를 알고, 말하고, 표현하는 것은 매우 중요한 일이다.

당신이 설정한 목표를 점검하고 숙지해 보라. 시간이 많이 소요되거나 목표의 양이 많아 어디서부터 시작해야 할지 막막할 때, 바로 이 단계를 연습해야 한다.

분할하여 정복하기란, 목표를 행동단계로 전환할 수 있는 실행 가능한 조각으로 분할하는 과정을 말한다. 각 단계는 곧 목표의 한 부분으로 1년 또는 그보다 짧은 기간에 성취할 수 있어야 한다. 미래를 멀리 바라본다는 것은 어려운 일이기 때문에 장기 목표는 종종 명료하게 정의된 기초단계가 있고, 목표의 후반부는 간단한 묘사가 있다. 단기 목표에는 대부분 하나의 단계만 존재한다.

"단계phases는 1년 또는 그보다 짧은 기간에 성취할 수 있는 목표의 뚜렷한 일부이다."

○ 분할하여 정복하기를 위한 간단한 질문의 예를 적용하여 아래 표에 기록하라.

- 큰 목표를 분할하여 실행 가능한 부분으로 쪼개는 것이 가능하다고 생각하는가?
- 이 과정을 시작할 때 목표 달성에 대한 비용이 증가 또는 감소하였거나 감당하기 어렵다면 그 이유는 무엇인가?
- 장애물을 확인했는가? 그 장애물이 꿈을 파괴하는 요인과 관련되어 있다고 생각하는가?
- 이 과정이 당신에게 어떤 유익이 돌아온다고 보는가?

이상의 질문을 스스로 하면서 브레인 덤프Brain Dump를 실행해 보라. 질문에 대해 떠오르거나 발견되는 사항을 빠짐없이 기록해 보면, 명쾌한 해답을 볼 수 있게 된다.

단 계	분할 목표	장애물/자원

주변에 동일 목표를 추구하거나 이미 그 목표를 달성한 사람이 있으면, 찾아가서 자신의 단계 목록에 대해 피드백을 받는 것도 분할하여 정복 하는데, 중요한 단서가 된다.

완벽한 조율이 보이는가?
하늘 가득 날아오른 가창오리의 완벽한 날갯짓
경쟁도 다툼도 찾을 수 없다.
원망도 포기도 없다. 이 완벽한 조율에 감탄의 함성만 있다.

고창 동림지 '가장 오리의 군무' 2012-01-22. 오후 5:40, 작가 · 김재길

나무에서 나무로 경험 풀어놓기

　대학에 진학을 앞둔 아들과 비전에 관한 이야기를 하게 됐다. 대학 입학을 몇 개월 앞둔 지금, 오히려 혼란스럽다고 한다. 신약 개발자가 되는 것이 지금까지 변함없는 목표였는데, (사실이 그렇다. 어떤 동기였는지는 정확하지 않지만, 초등학교 저학년 때부터 신약 개발자 꿈꾸던 아들이었다) 최근에는 앞날이 잘 보이지 않는다고 하소연한다. 다른 사람을 이롭게 하는 일을 하고 싶은 것은 여전히 변함없지만, 당장 대학에 입학하면 기숙사, 학교 적응, 등록금과 관련한 재정 문제 등을 생각하다 보니 정말 신약 개발자가 되는 게 맞는 건지 모르겠다고 한다.

대체로 먼 미래에 대해 목표를 세우는 일이 결코 쉽지 않은 일이라고 많은 사람이 이야기한다. 현실은 항상 그렇다. 미래의 궁극적인 목표를 원하지만, 그 목표가 글로 기록되어 있지 않을뿐더러, 당장 눈앞에 놓인 일을 해결하려는 습관이 이와 같은 결론에 다다르게 한다. '나무에서 나무로 경험 풀어놓기'는 이러한 사람에게 매우 적절한 과정이다.

출발점에 서 있는 당신은 지난 과정을 통해 목표를 설정했다. 목표를 분할하기도 하고 장애물이 무엇인지도 정리한 바다. 그럼에도 불구하고 앞에 놓인 숲은 수많은 나무로 빽빽하다. 길이 분명하지 않기에 망설여지고 주저한다. 그러다 보면 시간은 지나가고 이미 말한 바처럼, 또다시 잃어버린 시간이란 함정에 빠질 가능성이 커지기 시작한다.

나무에서 나무로는 '아직 보지 못하거나 언어로 표현할 수 없는 목표를 향해, 당신이 나아갈 수 있도록 하나님께서 인도해 주신다.'는[1] 전제하에 출발한다.

---

1) 이 과정을 연습하는 중에 성경을 인용하는 점을 양해를 부탁한다. 독자가 비기독교인일 수 있다. 이 과정만큼은 종교의 여부를 떠나 제시된 성경을 읽어보기를 바란다.

하나님께서는 주변에서 마음을 사로잡을 수 있는 것을 사용하셔서, 우리가 일정한 방향을 향하도록 동기를 부여하고, 그 목표에 아주 작은 걸음으로 한 걸음씩 접근할 수 있도록 인도하신다. 왜냐면 현재 당신이 숲의 저 건너편을 보지 못하기 때문이다. 그래서 하나님은 방향 설정을 위한 첫 번째의 나무를 보여주신다.

이 책의 서두에서 소개한 세 명의 학생을 기억하는가? 이들이 첫 번째 나무는 도서관 중심, 고등학교 3학년처럼 1학기를 공부하기, 장학금 타기였다. 이것이 그들의 첫 번째 나무였다. 막 대학에 입학한 신입생이다. 졸업 이후의 삶이 확실하게 보지 못하는 상태가 이들의 현재 모습이다. 4년이라는 큰 숲 너머의 모습을 보지 못하는 이들에게 첫 번째로 보인 나무는 다음 나무로 넘어가는 과정이 되었다. 좋은 코치를 만나 첫 번째 나무를 쉽게 발견하게 되고 접근할 수 있게 되었다. 첫 번째 나무를 통해 또 다른 나무를 보여주기를 반복함으로써 끝내 진정한 목적지에 도달할 수 있도록 길을 안내해 준다. 이것이 '나무에서 나무로'의 개념이다.

이런 경험을 가지고 현재에 이르렀다는 사실을 깨달아야 한다. 저절로 살아진 것이 아니다. 자의든 타의든 나무에서 나무로 이동하며, 현재에 도달한 것이다. 현재 위치에 대해 만족하거나 불만족스러운 평가가 있을 수 있다. 개인적인 차이가 있겠지만, 불만족하기 때문에 코칭이란 마차에 탄 것 아니겠는가.

이제 새로운 출발점에 서 있는 당신은 지금까지 살아온 경험을 풀어 놓을 필요가 있다. 어떤 나무에서 어떤 나무로, 이 지점에 이르렀는지를 말이다. 그리고 새롭게 펼쳐질 미래의 삶을 향한, 첫 번째 나무가 무엇인지를 말할 수 있다면, 천천히 당신의 목표 달성을 위한 발걸음을 내디딜 수 있게 될 것이다.

이 과정을 잘 이해하고 접근할 수 있도록 성경을 공부해 보기를 권한다. 신약성경 사도행전 15장 36절~16장 13절까지, 그 주변 설명인 사도 바울의 제2차 전도 여행에 관한 것을 몇 차례에 걸쳐 읽어 보아야 한다.

그다음에는 바울의 여정을 지도에서 찾아보고, 성경에서 언급한 브루기아Phrygia, 갈라디아Galatia, 비두니아Bithynia, 아시아Asia, 무시아Mysia, 드로아Troas 등의 위치를 확인해 보라. 이 지역의 지리적인 연관성을 알아보는 것이 이번 연습의 중요한 대목이다.

1. 이제 아래의 질문에 대해 연구해 보라.

　○ 아래의 반성 질문에 답할 수 있도록 바울의 여행에 대해 공부하라.

"신약성경 사도행전 15장 36절에서 16장 13절까지를 반복해서 읽어보라."

- 바울이 출발할 당시 당초 계획은 무엇이었는가? 그는 자신의 최종 목적지가 어디라는 것을 미리 정확하게 알고 있었는가?
- 바울을 마케도니아에 파견하기 위해 하나님은 어떠한 방향 제시용의 "나무"(중간 장소나 수단)를 보여 주었는가? 바울이 들어가려고 했던 곳에 하나님은 몇 번이나 문을 닫으셨는가? 일이 뜻대로 되지 않는 것에 대한 바울의 심정은 어떠했을까를 상상하여 기록해 보라.
- 하나님께서 바울에게 다른 목적을 가지고 있다는 사실을 그가 알게 되기까지에는 당초의 계획과 얼마나 멀리 떨어져 있었는가? 그의 여행에 대한 하나님의 궁극적인 목표를 이해하고 나서 바울은 내심 어떤 반응을 보였는가?
- 바울은 궁극적인 목표를 발견하였을 때 보인 태도態度:Attitude는 무엇이었는지 기록해 보라.

바울의 나무에서 나무 경험 풀어놓기를 기록하라.

2. 당신의 '나무에서 나무로' 경험 풀어놓기를 하라.

○ 처음에는 알 수 없었던 어떤 목표를 위하여, 어떤 방향 제시용 나무를 보여 주었는지 자신의 삶에서 비슷한 경험을 찾아보라. 그다음에는 제2단계의 방향 제시용 나무로 가는 경험을 풀어놓기 위해, 비슷한 질문을 사용하여 새로 알게 된 사항을 기록해 보십시오.

- 경험에 비추어 볼 때, 처음 당신의 원래 계획은 무엇이었는가? 어디에서 끝날지에 대한 정확한 생각을 하고 있었는가?
- 당신의 목적지에 도달하도록 방향을 알려준 "나무"는 무엇인가? 몇 번이나 당신이 의도했던 곳의 문이 닫혔는가? 그때 당신의 느낀 감정은 무엇인가?
- 아직 다른 목표를 예정하고 있었다는 사실을 깨닫기까지, 원래의 계획과 얼마나 동떨어져 있었는가? 일단 최근에 기록한 궁극적인 목적을 이해하고 나서 어떤 반응을 보였는가?
- 이러한 경험을 통해 무엇을 깨달았는가?

당신의 나무에서 나무 경험 풀어놓기를 기록하라.

내비게이션을 켜자

우리가 많은 계획을 세우지만, 작심삼일이 되는 이유가 있다. 실천이 따라주지 않기 때문이다. 실천단계를 구체적으로 만들어야 한다. 언제 무엇을 어떻게 하겠다는 행동지침이 제시되어야 목표에 생명력이 덧입혀진다. 실천단계가 없는 목표는 죽은 물고기나 마찬가지 아니겠는가? 실천단계를 체계적으로 세우면 달성 시점이나 정도의 차이는 있을 수는 있겠지만, 이루지 못할 목표는 없을 것이다.

앞의 과정을 성실하게 수행했다면 이 과정 또한 완성하는 데 큰 문제가 없을 것이다. OKR 방식과 SMART 방식에 따라 설정한 자신의 목표와 분할하여 정복하기, 장애물 워크시트 등을 참고하여 행동단계를 만들게 된다.

좀 오래전, 자동차 운전석에는 지도책 대한민국전도 한부 정도 구비하고 있었다. 소위 길 찾기 용도로 쓰인다. 장거리를 가야할 때는 필수적으로 점검하여 머릿속에 노선을 그리고, 중간마다 이정표를 확인하며 운전하던 시절이었다. 지금은 어떤가? 인공위성을 쏘아 올리고 내비게이션이 차량에 장착되면서부터 지도책은 사라졌다. 목적지를 입력하면 최단거리를 비롯해 최적의 도로 상황에 맞는 루트를 알려 준다.

당신의 인생 여행에도 내비게이션을 장착해야 한다. 목적지까지 길을 밝혀줄 내비게이션을 항상 켜놓아야 한다. 이를 위한 많은 도구가 넘치는 세상을 우리는 살아가고 있다. 휴대전화에 목표관리를 위한 앱 몇 개만 설치해도, 필요할 때마다 이탈 없이 잘 가고 있는지 확인할 수 있다. 중요한 것은 프로그램에 입력할 자료를 생성하는 것은 자신의 몫이라는 사실이다.

당신이 세운 목표가 장기적인 목표일 수도 있고, 단기간의 목표일 수도 있다. 하지만, 어떤 경우라도 이 목표는 한 번도 가본 경험이 없는 곳이다. 낯설고 생소한 길이다. 우리는 내비게이션에 익숙해 있지 않은가? 어디로 가야 할지 막막한 상황에 놓였다면, 목표를 향한 지도를 만들어야 한다. 여기에는 인공위성도 무용지물이다. 오직 자신이 설정한 로드맵만이 통용된다. 지도책을 펴놓고 길을 살피듯이 A4용지를 책상 위에 올려놓고 목표를 향한 당신만의 길을 그려야 한다.

우리가 목표를 분할하고 장애물을 확인하며, 연간 행동 계획을 수립하는 것은 마치 인생 여행에 내비게이션을 켜는 것과 같은 효용성을 갖추는 것이다.

예를 들어 대학 신입생이 40세를 기준으로 목표를 세웠다면, 시간적으로 약 20년이라는 큰 갭이 발생한다. 20년을 다시 5년 단위로 목표를 분할하는 작업을 일차적으로 선행해야 한다. 그리고 가장 가까운 5년을 1년 단위로 목표 분할 작업을 반복한다. 그리고 1년을 분기 또는 학기 단위로 분할하는 작업을 하게 되면, 20년 뒤 세운 목표가 더욱더 선명하게 보일 것이다.

이 과정이 바로, 분할하여 정복하기와 동시에 내비게이션을 장착하는 순간이 되는 것이다. 내비게이션은 항상 켜둔 상태로 매일 확인해야 한다. 목표를 큰소리로 외치고, 기회가 되는대로 많은 사람과 목표를 공유하면 더욱 선명한 목표가 되고 성취 가

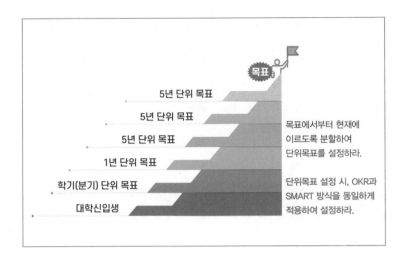

목표

5년 단위 목표

5년 단위 목표

5년 단위 목표

목표에서부터 현재에
이르도록 분할하여
단위목표를 설정하라.

1년 단위 목표

학기(분기) 단위 목표

대학신입생

단위목표 설정 시, OKR과
SMART 방식을 동일하게
적용하여 설정하라.

능성은 점점 커져 갈 것이다.

이제 한걸음 물러서서 단계별로 얼마만큼의 시간이 소요될지 현실적으로 계산해 보아야 한다. 구체적인 시간 산정을 실제 숫자로 산출하여, 행동단계 워크시트나 자신만이 활용하는 각종 앱을 활용하여 기록해야 한다.

소요 시간을 산정하는 데는 중요한 법칙이 있다. 첫째, 작은 단계를 사용해야 한다. 둘째, 산정기준을 설정해야 한다. 셋째, 마찰을 고려해야 한다. 넷째, 숫자를 주무르지 않아야 한다. 다섯째, 피드백을 선용해야 한다.

그밖에 다양한 시간의 관점이 있음을 인지해야 한다. 재능과 성격이 다른 사람은 시간도 다르게 산정한다. 필요한 시간에 대해 굉장히 낙관적인 태도를 보이는 사람이 있는가 하면, 끊임없이 어떤 일을 하는 데 걸리는 시간을 과소평가하는 사람도 있다. 또한, 어떤 경우에는 시간에 대해 매우 현실적인 태도를 지향하는 사람도 있다.

인간은 가만히 있으면, 느슨해지고 부정적으로 흘러가기 쉽다. 두려움, 근심, 걱정이 우리를 고요하게 놔두지 않는다. 이때 "나는 할 수 있어", "나는 위대해", "그래, 나는 날마다 더욱더 향상되고 있어" 등 긍정적인 말로 자신을 격려하고 힘을 실어주는 것도 하나의 지혜라고 할 수 있다. 언제나 긍정적으로 생각하고 능동적으로 행동하며, 중요한 핵심가치들을 갖는 것은 목표를 향해 가는데 더없이 중요한 요소가 된다.

우리를 둘러싸고 있는 세상은 급격하게 변화하는 환경에 놓여 있다. 이런 변화에 수동적이라면, 새로운 지식과 정보에 둔감해지고 변화 대응 또한 현저하게 어렵게 된다. 결국 기대하는 목표를 성취하는데, 더 큰 에너지가 소모되는 어려움이 발생하게 된다.

이런 프로세스에 따라 목표를 정리하고 실천하면, 목표관리는 어려울 게 없다. 쉬지 않고 목표를 정하고 달성하는 과정을 반복하면, 인생의 가치창조와 행복한 노후를 보장받을 수 있음을 기억해야 한다.

성공이란, 자기 자신과의 싸움임을 자각해야 한다. 자신의 현재와 미래의 가능성을 비교하면서 바람직한 목표를 설정하고, 그 목표를 달성하기 위한 지고한 노력이 삶을 풍요롭게 만들어 가는 것은 분명하다.

'선택과 집중'이란 말이 한때 우리 사회를 휩쓸었다. 자기계발에서 이 말은 생략할 수 없는 말이 되었다. 내비게이션을 켜면 선택과 집중이 훨씬 더 수월해진다.

샤르트르는 인생을 B와 D 사이의 C라고 하였다. B와 D는 Birth와 Death를 뜻하며, 그 사이 C는 Choice, 선택을 의미한다. 인생 여행은 선택의 연속선상에 있다. 출생과 죽음에 관련된 것을 제외한 모든 것은 선택이다. 어떻게 하면 과거 또는 지금보다 더 나은 선택을 할 수 있을까, 개인의 성공전략 중에서 선택과 집중은 가장 확실한 투자다. 없는 것을 찾기보다는, 있는 것을 먼저 인지하고, 주어진 환경에서 최선을 다하는 자세가 진인사대천명盡人事待天命이 아닐까.

Coaching Tip

1. 내비게이션 장착하기

○ 당신이 기록한 목표를 꺼내 놓고 아래의 방법에 따라 지도를 작성해 보라.

- 당신의 목표 성취 시점이 언제 인지 확인하여 보라.
- 그 시점으로부터 현재까지 얼마의 시간이 있는가?
- 그 시간을 당신의 기준에 따라 분할하여 단계 목표를 수립하라.
- 단계별 목표를 수립할 때에도 OKR과 SMART 방식을 따라 기록 하라.
- 예상되는 장애물이 떠오르면 Navigation-Sheet에 브레인 덤프 방식으로 기록하라.
- 기록된 Navigation-Sheet를 인생 여행 동행자 상호 책임관계와 비교하며 나눠라.

목 표	

단계 (년도/분기)	단계별 목표	장애물	인적·물적 자원(필요)

나를 눈동자 같이 지키시고
주의 날개 그늘 아래에 감추사
시 17:8

중국 절강성 대하촌 '노인과 닭' 2012-07-05. 오전 7:18, 작가 · 김재길

인생 설계가 시간을 정복한다

등산하는 것을 인생 여행에 비유해도 괜찮을 것이다. 동네의 뒷산에서부터 세계에서 가장 높은 봉우리인 히말라야산맥에 이르기까지 수많은 사람이 산을 찾는다. 코로나-19의 영향으로 비교적 중장년층이 선호하던 등산이 이제는, 젊은 세대가 주를 이룰 정도로 산을 찾는 젊은이들이 많아졌다. 산을 찾아 한 걸음씩 걷는 발걸음에 건강을 생각하고, 심지어는 인생의 깊은 비밀을 깨닫기 위한 수행의 도구로 삼는 것을 보면, 등산을 인생에 비유하는 것은 매우 합당해 보인다.

지구에서 가장 높은 봉우리를 소유한 산은 네팔의 히말라야다. 그중에 에베레스트는 높이가 무려 8,848.86m라고 하니, 일반인이 꿈꾸기엔 너무 거대해 보인다. 그래서일까, 일반인의 욕구를 해소하는 차원에서 트레킹 코스를 만들어 위안을 삼게 했는지도 모르겠다.

과연, 아무나 함부로 오를 수 없는 산인가, 등산을 전문으로 하는 사람만 오를 수 있을까? 아니다, 오직 목표를 가진 사람만이 오를 수 있다. 목표에 인생을 맡기고 시간을 조율한 사람만이 오를 수 있다. 1953년에 뉴질랜드의 에드먼드 힐러리와 셰르파 텐징 노르게이가 그랬고, 1977년에는 한국인 고상돈이 처음이자 세계에서 7번째로 등정에 성공했다. "갔다. 등반에 성공했다!"가장 단순한 표현이지만, 잘 아는 것처럼 정복할 봉우리를 선정하는 것으로부터 시작해서 정복 루트 설정, 베이스캠프, 팀 꾸리기, 훈련, 등반에 필요한 장비와 물품 목록, 예상 장애물, 등반 예정일과 일기 상태 체크, 예산확보, 실제 등반 등 수많은 준비와 훈련 그리고 실행이 필요한 과정이다. 결국, 등반을 목표로 세운 사람은 등반이 완료되는 시점까지 온전히 그 일에 모든 시간을 집중하기 마련이다.

9번째로 에베레스트 등반에 성공한 한국인 여성이 있다. 지극히 평범한 여대생이 있었다. 어렸을 때 인라인스케이트 선수 생활을 잠깐 했을 뿐이었다. 대학에 입학하면 산악부에 들어가 암벽을 타는 게 꿈이었던 여학생. 대학에 입학하고 산악부에 들어간 후 대학 선배 등반대장이 '에베레스트를 해발 0m에서 정상까지' 등정 계획을 밝혔을 때, 선뜻 지원한 여대생은 전푸르나 당시 24세였다. 베이스캠프에서 캠프 1·2·3을 오르내리며 고소 적응을 마치고 2013년 5월 19일 저녁 8시 해발 7,950m의 캠프 4에서 정상 공격을 시작했다. 체감온도 영하 50도의 혹독한 추위와 강풍에서도 유난히 그녀를 괴롭힌 것은 두려움이었다고 한다. 결국 이튿날 오전 8시, 그녀는 에베레스트의 정상에 섰다. "큰 감동은 없었어요. 그런데 눈물이 흘렀어요."

그렇다. 평범한 여대생의 이야기는 중요한 단서를 우리에게 제공한다. 목표를 가졌고, 계획을 세우고, 훈련하고, 실행에 옮겼다. 이 모든 것이 시간 조율의 결과인 것을 증명하지 않았는가?

물론 에베레스트 등정을 목표로 세웠지만, 실패한 사람도 있다. 그들의 실패를 우리는 실패라고 부르지 않는다. 오히려 실패가 있기까지 보낸 시간과 목숨 건 열정은 박수받기에 기껍다. 그들의 실패는 자신에게 재도전의 발판이 되고, 다른 사람의 성공을 위한 밑거름이 된다는 사실을 잘 알기 때문이다.

지금까지 당신은 이 책을 읽으면서 목표를 글로 기록했을 뿐만 아니라, 분할하여 단계별 목표까지 세세한 점검을 실행했다. 생각만 해도 가슴 떨리고 뿌듯한 목표를 가진 사람이 된 것이다. 다시 한번 질문해 본다. "이 목표에 당신의 인생을 모두 맡길 수 있겠는가?" "Yes!"라고 대답했다면 당신에게 남아 있는 시간은, 목표에 따라서 사용될 것이 틀림없다. 왜냐하면, 인생 설계는 시간 조율이기 때문이다. 둘의 관계는 분리될 수 없다. 시간은 철저하게 사람의 목표와 관련되어 있기 때문에 그렇다(2-4장을 참고하라).

나는 시간 조율이라고 했다. 시간 관리가 아니라 시간 조율이라니 생소하게 느껴질 것이다. 큰 차이가 있나? 어차피 시간을 목표에 맞게 잘 선용하라는 말일 텐데 라고 생각할 수 있다. 매니지먼트Management는 "기업의 관리와 운영에 있어, 각종 업무가 경영의 목적을 위하여 가장 효과적으로 이루어질 수 있도록, 여러 가지 사항을 체계적이고 과학적으로 처리하는 일"이라고 정의한다. 즉, 그 대상을 통해서 가장 효과적인 결과를 도출하기 위한 것이라고 할 수 있다. 반면에 '조율Tune'은 '일이나 의견 따위를 적절하게 다루어 조화롭게 함'을 의미한다. 시간은 관리적 측면보다 조화의 측면이 강하다고 할 수 있다. 왜냐하면, 시간은 물리적 차원보다 목표와 관련한 모든 삶의 영역의 유기적 차원이 훨씬 더 강하다고 할 수 있기 때문이다.

이제 자신이 세운 궁극적인 목표와 세분된 단계 목표를 펼쳐 다시 살펴야 한다. 목표마다 자신이 산정한 시간이 포함되어 있다. 이 시간을 조율하지 않으면, 자칫 허망한 목표가 되고 만다. 어떻게 시간을 조율할 것인가? 그것은 다음 장에 더 세세하게 다룰 것이다.

이번 장에서는 목표와 가치 그리고 패턴에 대한 의미를 파악하고 패턴에 집중하게 될 것이다. 아래의 그림을 참조하면, 그 의미를 파악하는 데 도움이 될 것이다.

인생은 목표를 향해 쏘아 올린 화살과 같다. 화살대는 단계마다 세운 목표에 따른 실행계획이라고 할 수 있다. 화살은 목표에 정확하게 박혀야 그 의미가 있다. 결과적으로 화살을 쏘는 사람의 역할이 제일 중요한 것은 말할 필요가 없다.

그렇게 쏘아진 화살이 과녁에 박히려면, 화살촉이 더 날카롭게 벼려져야 한다. 화살촉은 가치를 의미한다. 수없이 다가오는 환경과 상황에서도 흔들림 없이 버텨낼 힘은 가치Value에서 나온다. 가치에 따라 생각하고 선택하여 행동할 때 유의미한 삶의 결과가

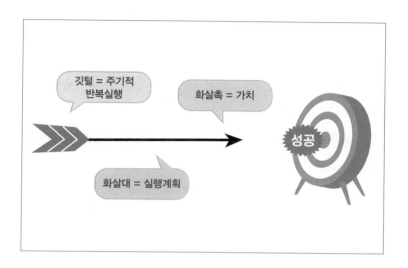

나타나게 된다. 스티븐 코비는 이것을 가리켜 '주도성의 원리'라고 했고 성공하는 사람의 7가지 습관 중에서 첫 번째 습관으로 제시할 정도로 중요하게 여겼다. 내 인생의 기준이 되는 가치는 무엇인가? 예를 들면 경청, 인내, 신앙, 협업, 창의 등이 될 수 있다.

쏘아진 화살이 목표에 이르기까지 그 방향을 조정하는 것은 화살의 깃이라고 할 수 있다. 깃털을 살펴보라. 깃털은 세밀한 선들로 촘촘하게 세워져있다. 이것은 무엇을 의미하는가? 일상에서 벌어지는 수많은 시간의 조합이라고 할 수 있다. 단계별 목표와 실행계획을 세웠고 가치도 분명한데 패턴 즉, 시간의 조율이 잘못되면 화살은 엉뚱한 방향으로 날아가 버린다.

예를 들어, 이번 학기 전액 장학금 받을 목표를 세웠고 열정, 인내, 성실, 용기 등의 가치를 가지고 있다. 그렇다면, 거기에 걸맞은 패턴이 형성되어야 한다. 매일 도서관 또는 나만의 학습공간을 확보해야 한다. 강의 듣는 시간을 제외하고, 오가는 시간 빼고, 식사와 잠깐의 휴식 시간을 제외하고 나는 항상 도서관에 있어야 하며, 세부계획에 따른 학습을 진행하고 있어야 한다. 이와 같은 패턴이 형성되지 않으면, 전체 장학금은 공중분해 되고 만다.

이것을 가능케 하는 것이 바로 시간을 조율하는 것이다.

대학을 입학하기까지 제대로 된 목표가 없었다고 걱정만 하고 있지 말라. 누구나 목표 없이 지내왔다. 특별한 동기부여받기 전까지는 말이다. 개인적인 차이일 뿐 늦지 않았다. 충분한 기회가 남아있기 때문이다. 그리고 지금까지 제시된 방법을 따라가면, 당신도 가슴 떨리는 목표를 가질 수 있다. 그리고 다음 장을 통해 시간을 연주하고, 시간을 정복하기 위한, 구체적인 조율 방법을 살펴보게 될 것이다.

목표를 세운 사람은 산 정상에 깃발을 세우지만
목표가 없는 사람은 산 아래에 머물 뿐이다.
바라만 볼 것인가?
정복할 것인가?
그것은 나의 선택에 달렸다.

실크로드를 따라 만난 매리설산梅里雪山(해발 6,740m), 2012-05-08, 작가·김재길

TIME TUNER

제4장
시간을 조율하라

나는 시간 조율사

텔레비전이 처음 공급되었던 때가 떠오른다. 동네에 TV가 한 대가 있을까 말까 하던 시절, 김일 선수의 레슬링을 보기 위해 동네 사람들이 탁아소에 가득 모였다. 텔레비전을 켰는데 화면이 선명치 못해 형이 밖에 나가 안테나의 방향을 조정한다. "형, 왼쪽으로, 조금 더, 아니 다시 오른쪽으로, 어? 어, 됐다. 됐어!" 이렇게 해야 선명한 화면을 시청했던 기억이 있다.

바로 튜닝Tuning, 조율이다.

튜닝은 사람이 살아가는 모든 순간마다 수없이 반복하는 행위다. 알게 모르게 말이다. 사전적 의미로는 "라디오나 텔레비전 방송 등에서, 수신기나 수상기의 다이얼을 돌려 주파수를 맞춰서 특정한 방송국을 선택하는 일 또는 악기의 음을 일정한 표준음에 맞도록 고르는 일"이라고 말한다.

이런 장면을 떠올려 보라. 당신은 오케스트라 연주를 보기 위해 공연장을 찾았다. 오케스트라 단원이 무대에 올라 자리에 앉았다. 그리고 오보에가 A 음을 분다. 이어서 수석 바이올린이 A 음을 맞추고 이어서 현악기, 금관악기 목관악기 등 모든 악기가 A 음에 맞도록 조율하며 통일된 음정을 맞추게 된다. 이 과정이 끝나야 비로소 지휘자가 등장한다. 아름다운 선율이 공연장을 가득 메우고 관객은 감동의 선율 속에 빠져든다. 그날의 연주에서 가장 중요한 순간은 언제일까? 바로 모든 악기가 A 음에 정확하게 조율되는 순간이다.

당신의 삶에서 기준이 되는 A 음은 무엇인가?

피아노 조율의 명장이라 꼽히는 이종열 조율사가 계신다. 이 분의 연세가 올해로 80세인데, 65년간 이 일을 해왔다고 한다. 고등학교 때부터라고 하니 평생 조율만 해 온 것이다. "당신에게 있어 '조율'은 무엇인가?"라는 질문에 "조율은 타협이지요."라고 말한다. '도'를 쳐 놓고 4 도위 '도'를 쳐보고 5 도위 '도'를 쳐본다고 한다. 그래서 그들이 내가 '도'를 이렇게 맞추어도 되는지 물어보고 좋다고 하면, 그때야 비로소 기준이 잡힌 것이라고 한다. 이 기준 위에 '레', '미'를 맞춰 나간다고 한다. 기준인 '도'가 제자리를 잡지 못하면 모든 것이 엉망이 되는 것이다.

인생의 기준은 무엇일까? 기준을 잘 못 잡아서 엉망이 된 인생은 없었을까? 나의 삶을 조율하는 기준점을 가진 것은 축복이다.

기독교인이든, 아니든 성경에 나오는 다윗David을 안다. 다윗은 가장 훌륭한 왕으로 모두가 기억하고 있다. 다윗은 한밤중 옥상에 올라 달빛을 즐기다가 한 여인과 시선이 맞닿았다. 다윗의 마음에 그 여인이 들어왔다. 그것은 욕망이었다. 갖지 말아야 할 것이었다. 오만과 욕망이 다윗을 사로잡았다. 그 여인이 누구인지를 알게 되었을 때 다윗은 번민한다. 여기서 끝냈어야 할 관계다. 충성스러운 장군의 아내다. 넘어서는 안 될 관계다. 오만과 욕망은 장군을 죽음으로 몰아내고 그 여인의 발을 씻긴다. 두렵지 않았을까? 두 사람은. 태만과 오만, 욕망이 덮쳐 왔을 때, 다윗의 전 인격은 흐트러진다. 빛 아래 밝혀졌을 때 그들은 고통 속에 머물게 된다. 최고의 왕으로 칭송하던 함성과 박수에 숨겨져 있던 한 사람은 처절하게 깨지고 나약함을 드러낸다. 급기야 여인의 배는 불러왔다. 왕은 자신을 잃었고 여인은 남편을 잃었다. 아이도 잃어가고 있다. 그리고 다윗은 7일 동안 어둠 속 바닥에 엎드렸다. 아이를 잃지 않기 위해서. 그는 무엇을 떠올렸고 무엇을 애통했을까? 7일이 되었을 때 여인의 태중의 아이는 죽었다. 이 소식을 듣고 다윗은 일상으로 돌아왔다.

7일(일주일)은 다윗에게는 조율의 시간이었다. 다시 다윗 본래의 모습으로 돌아오는 시간이었다. 이때 기록된 성경이 시편 119편이다. 성경에서 가장 긴 내용을 품고 있다. 세밀하게 자신을 조율하는 내용으로 가득한 시詩다. 다윗의 기준점은 무엇이었을까?

"당신의 말씀은 내 발의 등불이요, 나의 길에 빛이 옵니다."(새번역, 시 119:105)

자신을 조율한 다윗은 다시 그 여인 앞에 섰다. 두렵지 않았을까? 흐트러졌던 죄의 기억이, 그 여인은 원망하지 않았을까? 하지만, 조율의 시간은 다윗에게 힘과 용기를 주었다. 다시 서로가 마주 섰다. 오만과 욕망이 아니, 용서와 긍휼의 마음으로 서로를 안아주었다. 잃어버린 아이를 대신할 새로운 생명이 잉태된다. 그 아이의 이름은 '여디디아'하나님의 사랑을 입은 자, 솔로몬이 태어난다. 조율의 끝에서 마주하는 결과는 태만과 오만, 욕망, 시기, 질투, 다툼, 분노가 아니다. 용서와 화해, 사랑과 기쁨이다.

그렇다, 우리는 시간 조율사가 되어야 한다.

사람은 세 가지 측면 즉, 신체적 영역, 영적(정신적/지적) 영역, 사회적 영역을 포함하는 존재라고 할 수 있다. 세 영역에서 현명하고 균형 잡힌 삶을 갖추어야 비로소 전인적인 삶이 된다. 한 영역이라도 소홀히 하면, 나머지 영역에도 부정적인 영향을 끼치게 된다. 전인적인 삶을 형성하기 위한 모든 기초는 시간을 조율하는 데 있다고 해도 과언이 아니다.

시간을 조율하는 도구, 핵심가치

삶의 방향을 제시하는 것이 목표의 역할이라면, 가치는 "나는 왜 이 일을 하고 있는가?"라는 질문에 답을 주는 역할을 한다. 목표는 먼 거리를 보는 망원경과 같아서 목적지를 분명하게 볼 수 있게 하며, 가치는 목적지를 향해 가는 인생 여행에 대한 이유를 적극적으로 설명한다. 가치는 모든 행동을 추진하는 역할을 함과 동시에 목표에 정확하게 박히는 화살촉과 같다. 즉, 목표에 수반된 말과 행동을 선택하는 기준은 가치에 의해 결정된다.

스티븐 코비Stephen Covey는 주도적인 행동을 위한 자유의 공간을 가치관이라고 했다. 주도적인 사람은 자신의 가치관에 가장 적합한 선택을 하기 위해 자유의 공간을 활용해야 한다. 사람은 순간마다 자극에 직면하게 된다. 자극에 즉각적으로 반응하면 삶의 균형이 무너질 가능성이 매우 커질 수밖에 없다. 하지만, 자극이 오면 멈추고Stop, 자신의 핵심 가치에 따라 스스로 질문하며 생각하고Think, 말과 행동을 선택Choose 함으로써 갈등이 해소되며 선택의 자유는 확대된다.

이와 같이 가치Value는 목표를 가진 사람이 반드시 장착해야 할 강력한 도구라고 할 수 있다. 그러므로 시간을 조율하는 모든 키는 가치에 달렸다고 해도 무방하다.

이상과 같이 가치는 자신이 가장 중요하게 여기는 것으로 자신의 말과 행동을 결정하는데, 오브리 맬서스Aubrey Malphurs는 이를 핵심가치와 수단 가치로 구분했다.

'당신이 가장 가치 있게 생각하는 것은 무엇입니까?'라고 물으면 대체로 사랑, 가족, 돈을 우선하여 말한다. 이 가운데 사랑은 우리가 추구하는 감정 상태인 핵심가치에 해당한다. 반면에 가족, 돈 등은 자신이 원하는 감정을 불러오는 도구에 불과한 수단 가치라고 할 수 있다. 여기에서 질문을 바꿔야 한다. '가족은 당신에게 무엇을 줍니까?'라고 묻는다면 '사랑, 안정감, 행복, 기쁨'이라고 대답할 수 있다. 수단 가치를 다른 질문으로 바꿨을 뿐인데 핵심가치를 새롭게 발견하게 된다.

우리가 균형 잡힌 삶을 살지 못한 채 시간을 잃어버리는 이유는 핵심가치를 장착하지 못한데 기인한다. 결국, 시간을 조율하면서 가장 기초가 되는 것은 자신의 목표에 따른 핵심가치를 찾는 작업을 즉시 시도해야 한다. 핵심가치는 목표를 성취하는 모든 과정에 있어서 시간을 조율하는 도구의 역할을 하기 때문이다.

피아노 조율 장면을 본 적이 있는가? 조율을 시작하면 도구를 꺼내 놓고 전반적인 피아노의 상태를 살핀 후, 본격적으로 조율을 시작한다. 조율사는 서두르지 않고 집중하여 한음, 한음을 정확하게 맞추는 작업을 진행한다. 진정한 몰입의 순간을 엿볼 수 있다.

마찬가지다. 인생 여행을 떠나는 당신은 어떤가? 전인적인 삶의 균형을 위해 도구는 가지고 있는가, 집중했는가, 몰입했는가? 아래의 코칭-팁을 따라 자신의 핵심가치를 찾아보기를 권한다.

1. 삶의 영역에 따른 핵심가치를 찾아보라.

신체적 영역			
사회적 영역			
정신·영적 영역			

- 만약 수단 가치가 포함되어 있다면 질문을 바꿔 핵심가치를 새롭게 발견하고 수정하라.

  예) "○○는 당신에게 무엇을 줍니까?"

2. 각각의 핵심가치를 자신의 것이 되도록 아래의 예를 참고하여 질문을 만들어 기록하고 인생 여행 동행자와 함께 나누는 시간을 가지라.

  예) 핵심가치가 '협업'이라면 결정적인 순간에 아래의 질문을 할 수 있다.
  - 지금, 이 순간 나는 어떻게 ○○와 함께 작업할 수 있을까?
  - 우리가 어떻게 해결책을 찾을 수 있을까?

삶의 영역	핵심가치	질문
신체적 영역		
사회적 영역		
지적·영적 영역		

꽃양귀비 한 송이가 피었다.
특별한 자태에 시선이 쏠린다.
이유를 물었다.
남은 제초제를 근처에 뿌렸단다.
치명적인 독을 이겨냈다.
꽃을 피웠다.
생명이 네 안에 있음을 나는 노래한다.

어부동 길에서 만난 꽃양귀비 '생명의 노래', 2013-05-25. 오전 8:29, 작가 · 김재길

168시간 연주법

어둠의 흔적이 가득한 새벽, 나는 마음속에 담고 있던 일출 장면을 촬영하기 위해 자동차에 시동을 걸었다. 차 안 가득한 차가운 공기를 몰아내듯, 오케스트라와 피아노의 장엄한 선율이 공간을 빈틈없이 채운다. 베토벤의 피아노협주곡 5번인 <황제>가 주인공이다. 이 곡은 오스트리아가 프랑스와 한 참 전쟁을 치르던 혼란의 시기에 작곡된 곡이다. 서양음악사의 모든 협주곡 중에서 가장 널리 알려진 곡 중의 하나인 이 곡은 완전히 새로운 방식과 장대함 그리고 독창성을 보여주고 있다.

나는 연주를 평가할 만한 능력은 없지만, 놀랍도록 아름다운 오케스트라의 연주를 듣고 있는 나는 어느새 놓칠 수 없는 하나의 생각에 사로잡혔다. 이 시간의 공간을 풍성히 채우는 악기의 연주처럼, 우리의 일주일을 이렇게 연주할 수는 없는 걸까?

목표가 있는 사람은 자신의 시간에 집중하며, 가치가 분명한 사람은 우선순위를 분별하여 흔들리지 않기 마련이라고 말했다. 그렇지만, 방향을 잃지 않고 목표를 향해 나가기 위한 과제가 하나 남아있는데, 그 과제는 패턴Pattern을 완성하는 것이라고 할 수 있다. 패턴은 목표를 향해 가는 동안 반복되는 일주일을 어떻게 연주할 것인가를 말한다.

대학에 갓 입학한 신입생의 일주일은 어떤가, 연주인가? 아니면 의미 없는 아우성인가? 일주일 동안 몇 시간 강의를 듣고, 몇 시간 자기계발에 활용하며, 몇 시간 잠자고, 몇 시간 운동하며, 몇 시간 교제하며, 몇 시간 휴식 시간을 갖는지 알고 있는가?

자기계발에서 많이 통용되는 말이 있다. 생각의 틀을 바꾸라는 뜻으로 사용되는 패러다임 쉬프트. 세상을 바라보는 눈을 바꾸면, 지금까지 보지 못했던 것을 볼 수 있다는 뜻이다. 일주일, 168시간이 인생을 바꿀 수 있다면, 이것은 새롭게 도전해 볼 만한 가치가 충분할 것이다.

우리 사회는 52시간 근로제로 뜨겁게 달아올랐다. 찬반양론이 거세가 일어났다. 주당 법정 근로시간을 이전 68시간에서 52시간으로 단축한 근로제다. 관련 법규인 근로기준법 개정안이 2018년 2월 국회를 통과했고, 2018년 7월 1일부터 종업원 300인 이상의 사업장, 국가기관, 지자체 기관, 공공기관을 대상으로 시행되었다. 이해관계에 따라 이견이 첨예하지만, 분명한 것은 국민의 삶의 질 향상을 위해 반드시 시행되어야 한다는 의견이 지배적이다.

이와 더불어 우리 사회에는 워라밸이라는 신조어가 유행했다. 워크 라이프 밸런스Work Life Valence를 줄여 이르는 말이다. 직장을 구할 때 중요한 조건으로 여기는 일과 삶 사이의 균형을 이르는 말이다. 그래서인지 직장에서의 출퇴근 문화에 많은 변화가 일어났다. 이제는 상사의 눈치를 보지 않고 정확하게 퇴근 시간을 지킨다. 퇴근 후 단체 회식문화도 점점 사라지고 강제적인 술 권장 문화가 사라지고 있다.

이러한 시대적 분위기에 따라 우리도 패러다임의 변화를 주어야 한다. 아래 질문에 각자의 답을 내려 보자.

"일주일은 ＿＿＿＿＿＿＿＿＿＿＿＿＿ 이다."

대학의 기숙사생 20명을 대상으로 코칭을 진행했다. 가장 많이 나왔던 답변은 "일주일은 바쁘다." "일주일은 정신없다." 등이었다. 대학에서 가장 활발하게 활동하던, 한 선교단체의 간사를 만났을 때도 "제가 소속된 선교단체 학생을, 캠퍼스에서 만나는 것이 얼마나 힘든지 몰라요. 강의 시간, 과제, 아르바이트 등에 쫓기듯 살아가는 학생들을 만나려고 하니, 시간 맞추기가 쉽지 않아요. '제가 선교단체 간사가 맞나?'라는 자괴감이 들 때가 많네요." 이런 하소연을 들었다. 정말로 대학생은 바쁠까?

코칭에 참여했던 학생은 이 대학의 소위 우수한 인재였다. 최소한 4.0 이상의 학점을 받은 학생이다. "일주일에 3시간을 더 준다면 무엇을 하고 싶은가?" "그동안 읽지 못했던 책을 읽겠다." "어머니와 커피를 마시고 영화를 한 편 보겠다." "미뤄두었던 운동을 하겠다." "토익 공부에 그 시간을 더 투자하겠다." 등등 부족했던 부분, 갈망하는 의견이 다수였다.

질문이 이어진다. "그동안 이러한 것을 실행하지 못한 이유는 무엇인가?" "학생 신분으로 항상 바빴다." "미처 생각해 보지 못했다." "그럴만한 마음의 여유가 없었다."라고 말한다.

이제 본래의 질문으로 돌아가자. "일주일은 _____ 이다."

이 문장을 완성하면, 대체로 두 가지 답변이 나온다. '일주일은 7일이다.'와 '일주일은 168시간이다'라는 두 가지 패러다임이다. 첫 번째 패러다임의 시간구조는 일주일 중, 5일은 직장인의 경우에는 출근하여 일하거나, 대학생은 학교에 가고 2일은 쉬는 날이 될 것이다.

이런 패러다임을 가진 사람의 삶은 매우 복잡하다. 당신은 '회사 일에 바빠서 개인적인 시간이 거의 없다'고 생각하고 있을지 모른다. 평일에는 매일 아침 7~8시 정도에 집을 나서고 오후 8~9시 정도에 퇴근하고 집에 돌아오면 잠을 잘 뿐이다. 회식이나 다른 약속이 있기라도 하는 날은 더더욱 피곤이 중첩된다. 그렇게 휴일이 오기만을 기다리는 생활을 하는 사람이 많다.

일주일은 7일이다.

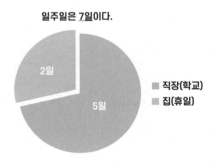

■ 직장(학교)
■ 집(휴일)

이 패러다임은 5일 동안, 회사에 출근해서 업무성과를 위해 매진하거나 상사나 직장 동료, 거래처와의 관계로 인해 각종 업무스트레스에 시달리다가 퇴근하는 반복적인 시간 구조를 가지게 된다.

대학생은 어떤가? 강의실을 전전하며 과제 또는 시험에 매달리고, 미래를 위한 취업 준비에 전전긍긍하다가 2일의 휴식이 주어지면 잠을 자거나, 게임 삼매경, 친구와의 외식, 문화생활, 짧은 여행 등의 취미생활을 하고 다시 5일을 전투적으로 보낸다.

오케스트라 연주와 같은 아름다운 삶을 기대할 수 없다. 피곤함에 지친 채 현재 상태에서 도망치고 싶은 패잔병 같은 삶일 뿐, 아름다운 선율을 기대할 수가 없다.

이제 패러다임을 바꿀 필요가 느껴지는가? '7일을 살 것인가?' 아니면 '168시간을 살 것인가?' 선택해야 한다. 이 선택의 결과가 얼마나 분명한지를 알아야 한다. '일주일은 168시간이다.' 이 패러다임이 삶의 질을 바꾼다. 일주일에 3시간이 더 필요로 했던 학생에게 신선한 충격을 주었다. 일주일은 168시간이라는 구조는 직장에서 법정근로시간인 52시간을 사용하게 되고 나머지 116시간은 자신이 철저하게 조율할 수 있는 시간으로 존재한다는 사실을 새롭게 발견한다.

일주일은 **168시간이다(직장인)**

52시간

116시간

■ 일하는 시간
■ 개인의 시간

일주일은 **168시간이다(대학생)**

18~21시간

147~150시간

■ 강의 듣는 시간
■ 개인의 시간
대학생 평균 학점에 따른 산출

전혀 새롭지 않다. 항상 우리와 함께 하는 시간이다. 지난주에
도 그랬고, 이번 주도 그렇고, 다음 주도 똑같은 시간이다. 달라진
것은 '패러다임'뿐이다. 그럼에도 시간에 대한 변화의 추이는 대
단히 놀랍게 나타나는 것을 볼 수 있다. 없다고 여겼던 시간이, 정
신없다고 느꼈던 시간이 마술처럼 사라지고 충분히 스스로 조율
할 시간이 나타난다.

이제 중요한 것은 '마법처럼 나타난 시간을 어떻게 관리할 것
인가?' 디자인이 가능하고 조율이 가능해진 시간이다. 이것을 가
리켜서 우에노 마쓰오는 "성공하는 사람들의 공통점은 다른 사
람에게 영향받지 않는 '자기 시간'을 잘 만들어 활용한 사람"이라
고 했다. '자기 시간'이란, 다른 사람에게 좌우되지 않고, 자기 의

시간을 연주하라!

지로 자유롭게 사용하는 시간을 뜻한다. 이제 자기 시간을 오케스트라처럼 아름다운 연주 하듯 살아 보기를 진심으로 권한다.

168시간 연주 계획 악보를 손에 쥐고 있어라.

오케스트라 지휘자는 총보를 통해 곡의 총체적인 연주 계획을 만들어 간다. 우리는 이미 인생 여행에 대한 큰 목표와 단계별 목표, 그리고 그에 따른 세부적 계획을 이미 수립했다. 자신만의 핵심가치도 분명하게 세웠으니 오케스트라 총보가 눈앞에 펼쳐져 있는 것이다. 이제 어떻게 연주 계획을 세울 수 있겠는가?

긴장하지 말자. 힘을 빼고 매우 단순하게 계획을 세우면 된다. 컴퓨터와 휴대전화에는 앱 등 많은 프로그램이 넘치고 있다. 내가 잘 사용할 수 있는 프로그램을 선택 또는 A4용지만 있어도 무방하다. 아래의 Coaching Tip에서 제안하는 대로 따라 하면 된다.

당신의 168시간을 어떻게 사용할 것인지 기록해 보라. 강의, 자기계발, 운동, 개인용무 등 빈도가 높고 이미 결정되어 변경할 수 없는 시간을 확인하는 것이 일차적인 작업이다. 이와 같은 기반 위에 자신의 목표를 성취하기 위해서 필요한 시간을 확보하는 것이 가장 중요한 이차적인 작업이다.

이상의 작업을 실행하고 전체를 조망하며, 시간 속에 나는 어떤 모습으로 나타나는지 확인하고, 개선이 필요한 부분을 과감하게 수정하여, 168시간의 연주가 어떻게 흘러가는지 그 맥락을 확인하라. 그리고 이 연주에서 보이는 자신의 모습에 대한 평가를 2~3줄의 짧은 문장으로 기록하라.

이 작업을 언제 실행하는 것이 좋을까? 반드시 매주 금요일 저녁 일과를 마친 후, 취침하기 전에 두 시간을 168시간 연주 계획 작성 시간으로 확보해 놓는 것이 좋다. 이 시간은 지난 168시간 연주를 평가하는 시간이다. 어디에서 불협화음이 일어났는지, 어떤 악기의 연주가 소홀했는지 등을 평가하여 어떤 악기의 연주가 더 필요한지, 과감하게 제거할 악기는 무엇인지 등을 조정하여 다음 168시간 연주 계획을 작성하는 데 시간을 할애해보라.

이제 당신은 168시간에 대한 연주 계획이 세워졌고, 각 악기가 168시간이란 블록 안에 질서 있게 자리를 잡았다. 이제 연주를 시작할 지휘봉을 잡은 것이다. 과감하게 지휘봉을 저어 아름다운 168시간을 연주하기만 하면 된다.

Coaching Tip

168시간 연주 계획서

시간	○일(월)	○일(화)	○일(수)	○일(목)	○일(금)	○일(토)	○일(일)
24							
1							
2							
3							
4							
5							
6							
7							
8							
9							
10							
11							
12							
13							
14							
15							
16							
17							
18							
19							
20							
21							
22						다음 주 연주계획서 작성	
23							
계							

○ 이번 주 연주 계획에서 보이는 나의 모습은 어떠한가? 두세 문장으로 기록하라.

베토벤의 피아노협주곡 제5번 「황제」,
장엄하고 아름다운 연주가 피어오르는 아침을 맞는다.

나는 오케스트라 지휘자
나무는 악기 연주자
그리고
완벽한 연결

장태산에서 마주한 아침 '황제', 2020-11-14. 오전 8:34, 작가 · 김재길

화재 현장으로 뛰어들 수 있는가?

"점심으로 무엇을 먹을까?"라고 질문을 받았을 때, "아무거나"라고 답하는 경우가 허다하다. 흔히 선택 장애라고 일컫는다. 심지어 자장면과 짬뽕 앞에서 무기력한 선택적 난항을 보이는 경우가 수없이 많다. 결국, 반씩 담는 그릇을 개발하고 짬짜면 메뉴를 선보이며 매출을 크게 올리는 웃지 못할 일도 생겼다. 이유는 단 한 가지, 사람들이 가진 선택의 기준이 모호한 것이다. 우리는 스스로 선택하는 법을 배우지 못했다. 위에서 시키는 대로 수동적으로 살아왔기 때문이다. 부모가 시키는 대로, 학교가 시키는 대로 무작정 따라야 하는 획일적 교육의 유산이라고 할 수 있다. 심지어 자신의 꿈조차도 타인에 의해 결정되는 현실이니 말해 무엇 하겠는가.

이제 시대가 변하고 MZ 세대의 삶의 태도는 분명하게 바뀌어
가고 있다. 자신의 말을 할 줄 알고, 자신이 원하는 것을 분명하게
표현할 힘을 가지고 있다. 그런데도 여전한 것은 선택이란 중대한
결정 앞에서 머뭇거리다가 시간을 잃고 목적이 흐트러지는 문제
에 봉착한다는 것이다.

자기 계발서에 빠짐없이 등장하는 단골 메뉴 중에 하나를 꼽
으라면, 우선순위를 잘 결정하라는 것이다. 그중에서도 '아이젠하
워의 법칙'은 단연 으뜸으로 회자되는 매뉴얼이다. 이 법칙은 한
마디로 '정리'라는 단어로 집약되며, 모든 일을 긴급성과 중요성
에 따라 정리하는 것을 말한다.

긴급하면서 중요한 것은 지금 바로 해야 하고, 긴급하지 않지
만 중요한 것은 계획을 세워 진행해야 한다. 방치하면 긴급하고
중요한 것으로 바뀔 수 있기 때문이다. 긴급하지만 중요하지 않은
것은 다른 전문가에 위임하고, 긴급하지도 않고 중요하지도 않은
것은 당장 멈추고 버리는 것. 이로써 시간이 조율되고, 관계가 조
율되며, 공간이 조율되는 놀라운 효과를 보게 된다는 법칙이다.

이와 같이 시간 조율에 성공할 수 있는 독보적인 기술은, 우선순위를 결정한 것이라고 할 수 있다.

두섭이는 군대를 전역한 뒤 복학과 동시에 이공계열로 전과를 준비하고 있다. 그에게 시간 조율의 최대 걸림돌이 무엇인지를 물었다. "너무 많아서 뭐라고 콕 집어 말하기 어렵네요."라면서 잠시 생각하다가 "뭐가 중요한지 모르고 자꾸만 이런저런 일이 많이 생겨서 혼란스럽기만 합니다."라고 답한다. 두섭이뿐만일까? 코칭에 참여하는 학생들의 생활에서 빈번하게 발견된다. "당장 해야 할 일이 생기면 우선순위를 생각할 겨를 없이 일단 부딪쳐야 한다는 충동에 사로잡혀서 정작 중요한 일은 뒤로 미루게 되고 또 급해지고 그러다 시간 조율은 엉망이 되어버리네요."

시간을 현명하게 조율하기 위해서 우리는 몇 가지 중요한 작업을 시도해야 한다.

첫째, 지금 하고 있어야 할 일은 무엇인가?

우선순위를 정해야 한다는 것은 누구나 잘 알고 있다. 그럼에도 실천하기가 쉽지 않아 혼란스러울 때, 스스로 질문을 해야 한다. '지금 하고 있어야 할 일은 무엇인가?' 각자의 역할이나 전공,

직종에 따라 우선순위를 결정하는 방법이 달라질 수 있지만, 기본적으로 목표를 성취하는 데 있어서 꼭 필요한 일에 집중해야 한다는 원칙은 절대로 변하지 않는다. 그렇기 때문에 지금 하고 있어야 할 일을 확인하는 것은 우선순위를 결정하는 데 있어서 매우 중요한 질문이다.

시간 조율은 대부분 대학생에게도 고민거리다. 시간 조율이 잘못된다면 다음과 같은 일이 벌어질 확률이 매우 높다. 강의에 충실하게 임하지 못한다. - 지각, 결석, 과제 제출 늦어짐 등 - 이런 일이 반복될수록 강의에 임하는 태도가 불량해진다. 이 모든 일은 학점과 관련될 뿐만 아니라, 차후 진로 결정에도 악영향을 미치게 된다.

대학생의 우선순위는 어떤 것보다 강의에 집중하는 것이라고 할 수 있다. 168시간 중, 강의 시간인 18~21시간이 최우선 순위로 할당되어 있다. 전공학과는 미래의 삶과 깊이 관련되어 있어, 강의에 집중해야 하는 것은 당연하다. 그렇기 때문에 모든 과목에 제공되는 강의계획서는 매우 중요하다. 한 학기 동안 담당 교수가 가르치게 될 중요한 안내가 포함되어 있다. 또한, 필독 도서와 참고자료 및 중간·기말시험 일정, 그리고 제출할 과제 및 보고서 등 중요한 사항이 포함되어 있다. 이와 같은 일정을 168시간 연주 계획서에 상세히 기록해야 한다. 즉, 연주 계획서에 기록해야 할 우선순위는 바로 강의와 관련되어 있어야만 한다.

결국, 대학생은 졸업하기 전까지 학기 중에는 학업이 최우선이 되어야 한다. 다시 질문해 보자. "지금 하고 있어야 할 일은 무엇인가?" 이제는 명확하게 답이 보일 것이다.

둘째, 우리 집에 불났다.

위에서 말한 아이젠하워의 법칙은 대학 생활을 이 프레임(4분면)에 넣어 분류하는 데 아주 유용하고 시간 조율에 있어서 탁월하다. 그렇지만, 현실에서 발생하는 모든 것을 이 프레임에 넣어 분석하고 진행하기는 많은 어려움이 따를 수밖에 없다. 특히 삶에서 발생하는 일은 즉각적 의사결정을 요청하는 문제가 많기 때문이다.

예를 들어, 전공 교수가 갑자기 오늘 저녁에 맥주 한잔하기를 원한다고 가정하자. 오늘 저녁 중요한 과제 보고서를 완성해야 하고, 늦은 밤에 아버지의 일 마감을 돕기로 한 선약이 있다. 이러한 상황은 누구나 흔히 겪을 수 있는 일이다. 당신이라면 어떻게 하겠는가? 전공 교수와 저녁 시간을 보내야 한다는 사람, 중요한 과제 보고서를 완성해야 하고 아버지와의 선약을 지켜야 한다는 사람도 있을 것이다.

여기서 우리는 아이젠하워의 법칙에 초점을 맞춰보자. 이 문제의 핵심은 긴급하고 중요한 일인가에 달려 있다. 만남의 주제에 따라 중요도는 달라질 수 있다. 교수에게 특별한 용건이 있는 경우라면 중요한 일이 될 수도 있겠지만, 교수가 밤새워 논문을 써야 하고 혼자 저녁 먹고 시간 보내기가 심심해서 부른 거라면 이 일은 중요치 않은 일이 될 수도 있다. 결국, 이 프레임으로는 현실에서 일어나는 즉각적 의사결정은 쉽지 않다.

그렇다면 현실에서 일어나는 즉각적인 의사결정을 위한 우선순위를 결정하는 방법은 무엇일까? 내가 자주 사용하는 방법은 '화재 현장으로 뛰어들 수 있는가?'라고 질문하는 것이다.

어린 시절, 시골집 탁아소 건물과 잇대어 인삼 농사를 위한 볏짚을 쌓아 놓았다. 이엉을 엮기 위해 준비해 놓은 것이다. 그런데 아뿔싸, 동생이 성냥불을 붙여 볏단에 불을 내고 말았다. 정신이 하나도 없었다. 겨울바람은 왜 그렇게 세차게 부는지 대처할 방법을 찾지 못해 허둥댔다. 건물까지 태워 먹을 태세였다. 마침 동네 어른들이 쇠스랑과 물통을 들고 와 겨우 화재를 조기에 진압했던 기억이 있다. 마침 일요일이고 탁아소에 아이들이 없었다. 천만다행이 아니 수 없다. 우선순위를 결정할 때 화재 현장을 떠올려 보라. 쉽게 우선순위를 결정할 수 있게 된다.

집에 불이 났다. 교수가 창문 사이로 구조요청을 하고 있다고 가정해 보자. 주변에는 아무도 없다. 화재진압을 위한 소화기나 물도 없다. 목숨을 걸고 화재 속으로 뛰어들어 교수를 구할 것인가, 아니면 지켜볼 것인가?

대부분의 사람은 무슨 소리를 하느냐고 구할 수 없다며 위험하니까 119로 전화해서 화재 신고를 한다고 할 것이다. 자신의 목숨을 걸고 교수를 구한다고 해서 교수가 나의 인생을 책임질 것이 아니기 때문에 그렇다. 그렇다면 당신의 사랑하는 가족이 화재 속에서 구해달라고 소리친다면, 어떻게 할 것인가? 119 신고를 비롯해 모든 방법을 동원해서 구조에 힘쓸 것이 분명하다. 그뿐만인가. 심지어 화재 속으로 뛰어들어 가족을 구하고자 필사의 노력을 할 것이다.

일상에서 발생하는 우선순위 문제에 대한 해결법은 의외로 간단하다. 화재 현장 속에 문제가 되는 요소를 두고 생각하는 것이다. 그리고 화재 속으로 뛰어들 것인지 아닌지를 생각하면 의외로 결정이 쉽게 된다. 두 가지 요인 모두가 당신에게 화재 현장으로 뛰어들도록 동기부여를 하지 않는다면, 그것은 분명 매우 사소한 문제일 수 있다.

셋째, 중요한 것을 먼저 하라.

우리는 수많은 사소한 일로 압박감을 느낀 적이 있다. 바쁘다는 이유로 강의를 빠진 적이 한두 번이 아니다. 친구의 성화에 못 이겨 자기 계발을 뒤로 미뤄놓은 경우도 있고, 과제와 실험을 미뤄 놓았다가 낭패를 당한 적도 많다. 잦은 밤샘과 늦잠으로 건강을 소홀하게 여기고, 소중한 가족과의 대화가 단절되기도 했다.

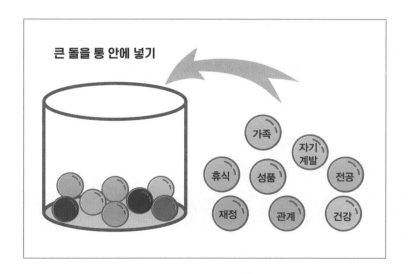

재정 관리에 실패하기도 하고 영적·정신적 소양을 쌓는 일도 뒷전에 미뤄놓기가 다반사며, 인맥을 쌓는 일 또한 소극적이었다. 왜? 바쁘기 때문에.

바쁜 것이 이유가 될 수 있나? 우리는 결코 바쁘지 않다. 다만 중요한 일을 먼저 시도하지 않고, 뒤로 미뤄놓기 때문에 시간 조율에 실패하고 뒤늦은 후회를 바쁘다는 감정으로 어설픈 위안을 삼는 것이다. 168시간 연주 계획표를 펼쳐 놓고 다시 한번 연주 계획을 살펴보라. 단순해 보이지만, 매우 소중한 작업이다. 168시간 중에 중요한 것이 들어 있는가? 아니면 다른 것으로 채워져 있는가?

시간 조율이 되지 않으면 대체로 위의 그림과 같이 168시간이라는 통 안에 중요하지 않은 것으로 채워져 있게 된다. 중요한 것, 큰 돌을 통 안에 넣기를 시도해 보라. 한마디로 불가능하다. 몇 가지는 넣을 수 있지만, 몇 개의 중요한 것은 포기해야 한다. 당신이라면 포기할 수 있겠는가?

생각이 결과를 낳는다고 했다. 패러다임 쉬프트가 필요한 시점이다. 먼저 통 안의 작은 돌을 밖으로 비우고, 큰 돌을 먼저 통 안에 넣은 뒤, 작은 돌을 통에 채우면 모든 돌이 통 안에 채워지게 된다.

당신의 168시간 연주 계획표를 보았는가? 큰 돌로 시간 블록을 먼저 채우고 나머지 시간 블록에 공적인 약속변경 불가능한을 두 번째로 채워야 한다. 그리고 나머지 시간을 활용하기 위한, 자신만의 계획, 심지어 멍 때리는 시간까지도 채운다면, 완벽한 연주 계획표가 작성되는 것이다.

이제 우리는 우선순위를 결정하는 중요한 방법을 알게 되었다. 다시 한번 말하지만 첫째, 지금 하고 있어야 할 일이 무엇인가? 둘째, 화재 현장에 뛰어들 일인가? 셋째, 중요한 것을 168시간 연주 계획표에 기록했는가를 확인한다면 시간 조율에 실패할 확률은 획기적으로 줄어들 것이다.

Coaching Tip

1. 자신의 삶에서 중요하게 여기는 8가지 영역을 찾아서 기록하라.

- 삶의 수레바퀴에서 이미 찾은 경험이 있다. 다시 한번 8가지 영역의 중요도를 확인하고 기록하라. 무엇 때문에 중요한 영역에 포함되는지 그 이유를 기록해 보라.
- 인생 여행 동행자 상호 책임관계 와 함께 심도 있게 나눠라.

8가지 영역	무엇 때문에 중요한가? 그 이유를 간단히 기록해 보라.

명품이라 불리는 데는 이유가 있다.
장인의 손길이 정성스럽게 담겼기 때문이기도 하지만
자신의 가치대로 오랜 시간 모든 역경을
헤쳐 나왔기 때문이다.

운암산 '명품 소나무', 2020-07-09. 오전 6:15, 작가 · 김재길

지휘자가 되어 보는 것

'코치'하면 떠오르는 사람이 있는가? 2002년 한일월드컵을 경험한 사람들은 한결같이 거스 히딩크Guus Hiddink 감독을 꼽는다. 히딩크 감독은 네덜란드 아마추어 클럽에서 선수 생활을 시작했으며, 선수 생활 대부분을 네덜란드에서 보냈다. 미드필더 포지션에서 뛰었지만, 그렇게 주목받는 선수는 아니었다. 1987년 PSV 에인트호번 감독을 시작으로 스페인의 발렌시아, 레알 마드리드 등에서 감독을 지내면서 감독(코치)으로서의 역량이 발휘되었다. 1998년 FIFA 월드컵에서 네덜란드를 4강으로 이끌었고, 이어 2002년 FIFA 월드컵에서는 대한민국을 4강으로 이끄는 업적을 만들어냈다.

대한민국 축구 국가대표팀은 2002년 FIFA 월드컵 이전까지 4회 연속 진출했지만, 본선에서 한 경기도 승리하지 못하고 4무 10패라는 초라한 성적을 거두었다. 또한 한일월드컵 2년을 앞둔 2000년까지도 시드니 올림픽 조별리그 탈락과 아시안컵 3위라는 좋지 못한 성적을 거두었다. 이런 상황에서 감독으로 선임된 거스 히딩크는 가장 먼저 대표팀의 구조조정에 손을 댔다.

구조조정의 핵심은 선수 선발에 대한 전적인 권한과 책임을 감독이 가짐으로써, 새로운 대표선수 구성을 갖추는 것이었다. 새로운 얼굴이 국가대표에 선발되는데 박지성, 이영표, 송종국, 설기현 등이 바로 그들이다. 특히 박지성 선수에게서 전해지는 에피소드는 감독으로서의 탁월한 면을 보여준다.

박지성 선수는 올림픽 대표팀에 선발되기 전까지 연령별 대표에서 활약한 적이 없는 무명이었다. 다른 감독은 '너무 약하고 키가 작다고 평가절하했다.'더구나 평발이었으니 이런 선수를 불러주는 성인팀은 없었다. 그의 아버지조차 대성할 수 없다고 생각했고, 명지대학에 입학하자 체육 교사를 시키려고 관련 학과에 보내기도 했다면서 "축구를 중간에 포기하면 먹고는 살아야 하니까요."라고 말할 정도였다.

히딩크 감독이 늦은 저녁, 치료실을 가보니 박지성은 혼자서 발에 박힌 굳은살을 잘라내고 있었다. 안 아프냐고 물었지만, 묵묵히 있던 박지성이 하는 말, "이 굳은살이 있었기에 내가 성공하고 있는지 모르겠지만, 다른 살을 아프게 눌러요." 이렇게 만난 두 사람은 감독과 선수라는 위치에서 최고의 자리까지 올라가게 된다. 히딩크 감독은 박지성의 강점을 보았고, 박지성 선수는 자신을 신뢰하는 감독의 지원에 부응하게 된다. 강철 체력과 성실한 플레이의 교과서, '2개의 심장'과 '3개의 폐' 등으로 불리게 되었다. 박지성은 코치를 만남으로 인해 월드컵 4강 신화의 주역으로 활약하게 된다.

코치는 조율하고 그 책임을 감당하는 자리다. 직접 경기장에서 뛰며 골을 넣지는 않지만, 그렇게 되도록 팀을 조율하는 위치라고 할 수 있다. 이와 마찬가지로 당신은 당신의 인생에 대해 스스로 조율하고 책임지는 코치가 되어야 한다. 다시 말해 셀프코치Self-Coach가 되어야 한다.

코치는 오케스트라의 지휘자와 같다. 지휘자는 악기를 직접 연주하지 않는다. 연주할 곡을 선정하고 악기를 편성하며, 선정된 악곡에 대한 연구와 해석, 지휘자의 영성, 철학 등을 접목하는 작업에 몰입한다. 오케스트라에 편성된 각각의 악기는 지휘자의 해석과 철학이 담긴 연주를 연습한 뒤 무대에 오른다. 모든 악기가 오보에의 A 음에 맞춰 조율을 마치면, 비로소 지휘자가 등장한다. 그의 손끝에서 연주가 시작된다. 그의 영성과 철학으로 재해석된 연주가 되고 악기마다 조화를 끌어낸다. 아름다운 연주가 홀을 가득 메우고 관객들은 숨을 죽인 채 연주에 몰입하여 하나가 된다.

지휘자는 바쁘지 않다. 다만 몰입할 뿐이다. 최상의 연주를 위해 최고의 시간을 보내고 있는 것이다. 바쁘다는 것은 몰입하지 못하는 사람의 변명, 자기 위안에 불과할 뿐이다. 바쁘다고 말하는 것으로 자신의 삶을 대변하지 못한다. 이미 말했지만, 바쁘다는 것은 목표가 불확실한 것이며, 가치 또한 불분명할 뿐만 아니라 삶의 패턴이 형성되지 못한 채, 이리저리 휘둘리는 삶을 살게 되는 것이다. "너무 바빠서 지금 내가 이런 모습입니다."라고 말한다면 얼마나 한심한 일이겠는가?

지휘자는 몰입한다.

이 책을 읽고 168시간 연주 계획표까지 작성하였다면 자신의 생애에 아름다운 하모니가 펼쳐지도록 지휘하는 지휘자가 되기를 바란다. 악기는 당신 삶의 중요한 영역이며, 각 영역이 조화를 이루고 아름다운 삶을 노래할 수 있도록, 섬세하고 강렬한 지휘자가 되어야 한다.

몰입Flow은 '어떤 일에 집중해 완전히 몰두했을 때의 의식상태'라고 말한다. 몰입의 즐거움Finding Flow의 저자인 미국 심리학자 미하이 칙센트미하이는 "인간을 가장 생산적인 상태의 정신상태로 만들어주는 것"을 몰입이라고 정의했다. 다시 말해 몰입은 창의적 삶의 원천이라는 증거가 되는 것이다.

몰입이란 그 자체가 좋아서 그 활동에 전적으로 빠지는 것을 말한다. 이때 자아는 사라지고 시간은 눈 깜짝할 사이에 지나간다. 모든 행동과 움직임, 생각은 마치 한편의 곡을 연주하는 것처럼 프레이즈phrase와 프레이즈가 뒤따라 연결되는 것이다. 물이 흐르는 것처럼 자연스럽고 편안한 느낌의 상태인 것이다.

칙센트미하이는 몰입을 위한 조건으로 7가지를 제시했다. 1. 분명한 목표가 있어야 한다. 2. 어느 정도 잘하고 있는지를 알아야 한다. 3. 도전과 능력이 균형을 이루어야 한다. 4. 행위와 인식이 하나가 되어야 한다. 5. 방해받는 것을 피해야 한다. 6. 자기자신, 시간, 주변을 잊어야 한다. 7. 경험 자체가 목적이 되어야 한다. 이상과 같이 7가지를 제시했지만, 역시 가장 중요한 것은 첫 번째의 목표 설정이다. 자신만의 행동 목표가 설정되어야 그다음 단계로 나아갈 수 있다는 것이다. 칙센트미하이는 분명한 목표가 있어야 한다는 것은 목표를 달성해서라기보다 목표가 없으면, 한 곳으로 정신을 집중하기가 어렵고 그만큼 산만해지기 쉽다고 지적한다.

목표가 분명하면 몰입할 수 있다. 오케스트라와 함께 어떤 곡을 연주할 것인지, 언제 연주할 것인지, 어디에서 연주할 것인지 등의 목표가 분명한 지휘자는 온전히 몰입하게 된다.

당신도 마찬가지다. OKR과 SMART GOAL이 기록되고, 단계별 목표와 가치가 기록되어 있는 당신은 최상의 몰입 조건을 갖추었다고 할 수 있다. 분주하고 바쁜 일상이 아니라, 가장 하고 싶고 잘할 수 있으며, 가장 즐거워하는 일에 몰입할 준비가 된 것이다.

방해요소를 제거하라.

사람들은 여행을 시작하면서 여행에 가장 잘 맞는 날씨와 환경 그리고 아름다운 장소와 함께 멋진 추억을 담아올 환상에 사로잡힌다. 맞는 말이다. 이것이 없다면 여행에 어떤 의미가 있겠는가? 하지만, 여행을 시작함과 동시에 많은 방해요소가 생겨난다는 것 또한 부정할 수 없다. 방해요소를 극복해 내지 못하면, 여행은 멋진 추억이 아니라 다시 생각하고 싶지 않을 기억이 되고 만다.

마찬가지다 인생 여행을 출발하는 당신도 반드시 해야 할 의무가 하나 있다. 그것은 바로 몰입을 방해하는 요소를 찾아내어 제거하는 일이다. 당신이 인생 목표를 설정하기 이전으로 돌아가 보라. 얼마나 많은 기회를 놓쳤는가? 수없이 많은 목표를 세웠고, 또 많은 실패를 경험했다. 원인을 분석하면 많은 이유를 찾을 수 있지만, 가장 큰 이유로 꼽히는 것은 방해요소를 만났을 때, 쉽게 포기하는 경향이 매우 강했다는 것이다. 미리 방해요소를 찾아 제거했었더라면 어땠을까? 이런 후회를 많이 하지 않았는가?

우리는 자신의 약점과 장점을 잘 알고 있다. 나에게 주어진 기회는 무엇인지, 위험요소는 무엇인지를 감지할 능력이 있다. 한 가지 중요한 것은 인생 여행을 떠나는 나는 혼자가 아니라 많은 관계 속에 존재하고 있는, 한 사람이라는 놀라운 사실이다. 목표를 가진 사람은 그 목표를 가장 가까운 사람과 공유해야 한다. 관계 속 인물의 경험과 지혜는 충분한 도움이 될 수 있기 때문이다. '내가 나를 가장 잘 안다.'라고 하는 말은 어쩌면 심각한 교만이다. 관계 속이 있는 사람이 나보다 더 나의 강점과 약점, 위기 그리고 방해 요소를 훨씬 더 잘 알고 쉽게 볼 수 있다. 그가 말하지 않았을 뿐이다. 당신은 최대한 그의 도움을 받아야 하고 동시에 그를 돕는 관계를 형성해야 한다.

무엇보다 스스로 보지 못하는 나의 약점과 위기, 방해요소를 그와 함께 솔직하고 편안한 마음으로 찾아야 한다. 타인에게 그런 말을 듣는 것으로 자존심에 큰 타격을 받을 수도 있다. 그럼에도 불구하고 들어야 하고 이겨내야 한다.

방해요소를 제거했을 때를 상상해보라. 당신의 인생여행이 얼마나 재미있고 흥분된 일이 되겠는가?

1. 단계별 목표 가운데 첫 번째 목표에 대한 SWOT 분석을 하라.

- 가장 친밀한 관계있는 사람들과 SWOT 분석을 도와줄 팀을 만들어라. 많을수록 좋다.
- 자신의 목표를 상세하게 이야기하고 그들의 피드백을 SWOT 분석에 따라 브레인 덤프를 하고 기록하라.

내적요소 외적요소	강점(S)	약점(W)
기회(O)		
위험(T)		

2. 브레인 덤프가 끝났으면 아래와 같이 분석한 것을 기록하고 발표하라.

1) SO 전략

-----

2) WO 전략

-----

3) ST 전략

4) WT 전략

3. 장애물 워크시트(Obstacles Worksheet)를 하라.

- 표의 왼쪽에는 목표를 이루는데 방해가 되는 것을 나열한다. 오른쪽에는 해당 방해요소를 극복할 수 있는 잠재적인 자원을 기록한다.

장애물(Obstacles)	자원(Resources)
1.	☐
	☐
	☐
2.	☐
	☐
	☐
3.	☐
	☐
	☐
4.	☐
	☐
	☐
5.	☐
	☐
	☐
6.	☐
	☐
	☐

60까지 세다가 잊었다.
얼마나 오래였는지 모르겠다.
매해 3월이면
혹독한 겨울을 이겨내고 분신 같은 꽃을 피워냈다.
오케스트라의 지휘자처럼
온몸 구석구석까지 흔들어 향기를 품어낸다.
온전히 나와 하나다.
사람들은 나를 살구꽃이라 부른다.

논산, '살구나무 꽃', 2021-03-27. 오후 8:19, 작가 · 김재길

시간을 연주하라!

낡은 악보는 버려라

보편적으로 많은 사람은 일주일을 삶의 추와 같이 생각한다. 일정한 루틴routine을 유지하고 살아가고 있다고 볼 수 있다. 주 단위로 생활하는 것이 일반화되다 보니, 일주일이 모여 해가 되고, 해가 모여 인생이 된다. 그래서 일주일의 시작을 월요일이라 하고 토요일과 일요일을 주말이라고 한다. 월요일은 월래 원래 그렇고 그런 날, 화요일은 화가 치밀어 오르는 날, 수요일은 수지맞은 날, 목요일은 목소리 높여 시간이 왜 이렇게 안 가는지 모르겠다고 푸념하는 날, 금요일은 금방 일주일이 지났다고 신나는 날, 토요일은 토가 나올 정도로 술 마시고 노는 날, 일요일은 일터로 나갈 생각에 한숨 쉬는 날. 정말 우리의 일주일은 이와 같은가?

인간의 뇌에 굳어진 하나의 심리지도라고 할 수 있다. 이와 같은 심리지도, 정말 재미없고 따분한 일상을 반복하게 된다.

시간이 지날수록 다양한 심리지도Psychological Maps를 갖게 된다. 학습, 습관, 문화 등에 의해 형성되는 신념Beliefs, 즉, 심리지도는 느낌Feelings, 사고Thoughts, 지각Perceptions에 의해 자신의 행동을 결정하게 된다. 즉, 신념에서 행동이 나온다고 할 수 있다. '레몬 한 조각을 들고 입에 넣으려고 한다.'고 가정해 보자. 오래된 심리지도인 레몬을 입에 넣는다는 생각만으로도 입안에 침이 고인다. 오래된 심리지도 Old-Map의 결과다. 오래된 심리지도를 가지고 새로운 삶을 기대할 수 없다. 목표를 기록하고 시간을 조율하는 사람은 심리지도를 바꿔야 새로운 결과를 기대할 수 있다.

사람의 뇌에는 집중, 깨어남, 수면, 호흡, 심장 박동, 행동유발 등 인체의 중요한 기능을 조정하는 데 관여하는 뇌줄기를 의학적 용어로 RSAReticular Activating System;망상 활성체라고 한다. 척수를 타고 올라오는 감각 정보를 취사선택하여 대뇌피질로 보내는 신경망을 말하며 그물처럼 퍼져 있다고 하여 그물 구성체라고도 한다.

RSA는 생각, 내적 감정 그리고 외적 자극이 만나는 곳으로 뇌의 운동기능과 지적기능을 담당하는 영역에 관여한다. 뇌를 활성화하는 스위치이며 동기부여 센터로서 어떤 정보를 뇌로 보내고 어떤 정보를 무시할지를 결정하는 일종의 GPS 역할을 한다.

당신은 지금 승객으로 북적이는 인천국제공항 출국장에 서 있다. 수많은 사람의 이야기 소리, 아이들의 웃음소리 또는 칭얼거리는 소리, 카트와 캐리어 바퀴 소리, 한껏 목소리를 높인 가이드의 안내멘트, 수시로 방송되는 공항의 안내방송과 음악 소리로 가득하다. 이때 이 모든 소리를 귀담아듣는 사람이 있을까? 그냥 스쳐 가는 소리일 뿐이다. 그런데, 나의 이름이 불리거나, 내가 탑승할 항공기에 관해 언급되는 순간, 집중도는 최고조에 이르게 된다. 왜냐하면 RAS 망상 활성체가 나의 여행의 성공, 안전이 걸린 중요한 정보를 재빠르게 포착해서 주의를 집중하게 만들기 때문이다. 여성이 임신하면 임산부만 보이게 되고, 구매하고자 하는 자동차를 결정하면 도로에 해당 자동차가 많이 보이는 것도 이와 같은 이치라고 할 수 있다.

결국 RAS는 사람들 안에 형성된 심리지도에 따라 생각이나, 믿음에 맞는 패턴을 뽑아다 주는 역할을 하게 된다. 싫어하는 것만 생각하면 RAS는 싫어하는 것만 집중적으로 불러오라고 명령

하는 것과 같다. 시간을 조율하는 사람, 목적을 분명하게 하고 선명한 그림을 가진 사람은 이에 해당하는 정보를 수집하게 되고 그에 걸맞은 행동을 하게 된다. 오래되고 낡은 심리지도를 바꿔야 긍정적이고 유능한 행동을 할 수 있게 된다.

대학생만 되면 고등학생 때와는 다르게 자유롭고 멋진 인생을 만들어 갈 수 있을 거로 생각한다. 저절로 이상적인 것이 만들어질 것을 기대한다. 시간을 잘 조율하기만 하면 더 나은 미래가 가능하리가 생각했다. 대학생이 되고 오히려 더 노는 것을 좋아하고, 시간은 절대적으로 내 편이 아니게 되었다, 무시당하면 발끈하는 성품은 옛날보다 더하면 더했지 덜하지 않다.

오래된 심리지도Old-Map를 어떻게 바꿀 수 있을까? 행동과 결과가 변화되기를 원하는가? 생각을 바꿔야 한다고 했듯이 낡은 심리지도를 바꿔야 한다. 두 가지 결단을 해야 한다. 진정으로 당신을 도와줄 수 있는 코치와 당신을 잘 알고 있는 지인을 옆에 두는 일이다. 그리고 아래의 코칭 팁에서 요구하는 사항을 점검해 보라. 보이지 않게 자신을 지배하던 낡은 심리지도가 보이고, 숨겨 놓았던 상처와 무력감을 보게 된다. 이 과정을 통해 당신은 놀라운 잠재력, 즉, 새로운 심리지도를 갖게 될 뿐만 아니라, 얼마나 유능한 사람인지에 대한 새로운 인식으로 놀라게 될 것이다.

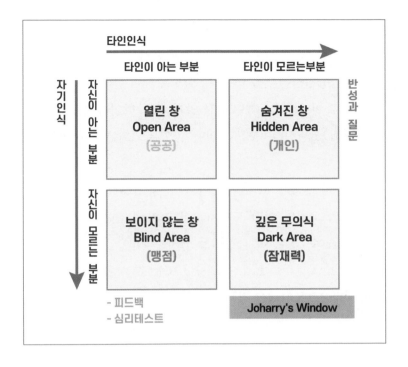

미국의 심리학자인 조셉 루프트Joseph Luft와 해리 잉햄Harry Ingham은 '자기인식', '자기 이해 모델'로 불리는 이론을 발표한다. 이 이론은 두 사람의 이름 앞부분을 조합해 '조하리의 창Joharry's Windows'이라고 한다. 열린 창은 나도 알고 타인도 아는 부분이다. 누구나 알고 있는 것으로는 새로운 시도가 어렵다. 숨겨진 창과 보이지 않는 창을 활짝 열어야 한다. 보이지 않는 창을 열기 위한 방법으로 자신을 잘 아는 지인을 초대하여 편안한 분위기를 만들고 나는 모르는데, 지인은 알고 있는 나에 대해 진솔한 피드백을 들어야 한다. 단, 피드백하는 지인은 대상자가 심각한 상처를 받지 않도록 절제된 언어를 사용해야 하며 부정적인 면도 중요하지만, 긍정적인 면을 더 볼 수 있도록 해야 한다. 이 과정을 통해 스스로 인지하지 못했던 나를 알게 되고, 타인이 보는 나의 강점을 통해 낡은 심리지도를 지워낼 수 있는 기회를 제공한다.

아울러 유능한 코치를 찾아야 한다. 코치는 자신을 전혀 모르지만, 코칭의 여러 도구Skill를 가지고 깊은 통찰을 얻도록 도와줄 수 있다. 이 과정에서 코치는 여러 심리테스트 진단 ENNEAGRAM, MBTI, DISK으로 자아 또는 진 자아를 발견하도록 돕게 된다. 또한, 강력한 질문 스킬을 통해 깊은 반성과 통찰을 도울 수 있다. 이러한 과정은 나의 깊은 무의식의 창을 열게 되고, 그 안에 숨겨졌던 잠재력 즉, 유능함이라는 새로운 심리지도를 발견하게 된다. 엔서니 라빈스Anthony Robbins는 이 결과에 대해 '네 안에 잠든 거인을 깨워라'라고 표현했다.

낡은 심리지도에 묶인 채로 168시간을 살아가는 것은 좋은 결과를 당연히 기대할 수 없다. 새로운 심리지도를 찾는 기회를 만들어야 한다. 시간 조율사는 새로운 지도를 가진 사람만이 가능하다.

o 어느 특별한 날을 정하여 3~5명 정도 자신을 잘 아는 지인을 초대하라. 그리고 편안한 분위기의 카페를 활용하여 차와 다과를 함께 하며, 아래의 조하리 창을 완성해 보라. 단, 지인에게 이것을 하는 이유를 충분히 설명하고 긍정적인 측면에서 내가 알지 못하는 부분을 피드백을 요청하라.

열린 창 Open Area	
숨겨진 창 Hidden Area	
보이지 않는 창 Blind Area	
깊은 무의식 Dark Area	

○ 피드백과 질문·반성이 끝나면 자신의 오래된 심리지도와 새로운 심리지
도를 글로 기록하여 지인과 코치에게 발표하라.

- 오래된 심리지도

- 새로운 심리지도

시간을 연주하라!

버림은 변화를 위한 새로운 시작

대청호 '잃어버린 시간과 생명 I', 2021-02-16. 오후 5:17, 작가 · 김재길

TIME TUNER

제 5 장

나는 시간을 연주한다

시간 관리에 세뇌당한 당신에게

높은 습도와 뜨거운 햇빛은 교정을 지나는 학생의 얼굴을 지치게 만들고 있다. 나의 사무실이 있는 북 카페 '엘림'의 큰 창밖으로 평소 밝고 쾌활하여 주변을 기분 좋게 하던 여학생이 축 늘어진 걸음으로 지나간다. 여학생을 불러 세워 들어오라고 손짓했다. "아이스커피 한 잔 마시고 가! 날씨 때문인가? 많이 힘들어 보인다. 무슨 일 있어?" "1학기 성적이 나왔는데 실망이네요. 열심히 한다고 했는데, 결과를 받고 보니 얼마나 속상한지 몰라요." "그렇겠다. 누구나 그렇지, 어휴, 나도 대학교 1학년 1학기는 말할 수 없을 정도의 성적을 받았었거든 나만 할까, 그런데 지난 학기를 스스로 평가한다면 무엇이 가장 힘들었던 거야?" "음, 아시는 것처럼 등록금 때문에 아르바이트했잖아요. 아르바이트에 동아리, 학과… 그러다 보니 시간에 쫓기듯 한 학기를 보낸 게 매우 아쉬웠어요.”

그때, 그 여학생에게 시간에 지배당하지 말고, 시간을 관리하는 자가 되라고 말했는데 많은 시간이 지나고 난 뒤, 나는 이렇게 말한 것을 후회하게 되었다. 당시에 유행했던 프랭클린 플래너를 기록하며 신봉자처럼 전파했다. 하다못해 다이어리라도 작성해서 시간 관리에 성공하는 대학생이 되어야 한다고 주장했는데, 나 자신도 시간 관리에 성공하지 못했다. 물론 플래너나 다이어리 또는 시간 관리 앱이 잘못되었다고 말하는 것이 아니다. 우리의 삶이 시간 관리 자체에 익숙하지 못한 문화에 기반을 두고 있다는 뜻이다.

특히, 대학생의 경우는 그 정도가 더 심각하다. 고등학교까지 스스로 시간을 관리해 본 경험이 없다. 학교 시간표조차도 이미 정해진 대로 따라야만 했다. 시간 관리는 방학 숙제에서나 나오는 이야기였고, 그것마저도 제대로 실행한 사람이 없다. 시간에 피동적인 존재일 수밖에 없다. 대학생이 되면서 가장 먼저 도전해 오는 것은 시간표를 정하는 일부터 시작한다. 인기 강의는 초를 다퉈야만 수강할 수 있을 정도니, 수강과목을 스스로 선택하고 거기에 맞춰 시간표를 작성해야 하는 것부터 치열한 경쟁이다.

시간 관리 vs 시간 조율

'관리'管理;Management라는 말은 그 단어 자체가 주는 경직된 느낌을 지울 수 없다. 유지하고 개량하다. 맡아 처리하고 관할하다. 통제하고 지휘 감독하다 등 다수의 뜻으로 해석되는 이 말은 조절Control이라는 말과 그 맥을 같이한다. 특히 경영과 연관되어 관리의 의미는 더욱 적극적으로 사용된다. 관리에는 프로세스가 분명하게 나타나는데 이를 P·D·C·A·P Process라고 할 수 있다. 조직 경영을 위한 계획을 명확하게 세우는 계획단계Plan에서 그 계획을 실행하고, 활동을 추진하는 것은 실행단계Do, 실행과 활동의 결과를 점검하고 문제점 등을 점검하여 새로운 대안을 도출하는 점검단계Check, 결과에 따른 개선·처리의 행동과 대안을 행하는 액션단계Action가 지속적으로 반복되는 것을 관리의 P·D·C·A·P Process라고 한다.

성공을 말하는 자기 계발서의 저자를 보라. 이구동성으로 시간 관리를 주장한다. 맞다, 관리는 대단히 중요하고 관리를 통해 성공과 자신의 행복을 추구하는 데 한 걸음 더 전진할 수 있다. 이러한 주장에 많은 독자가 손뼉 치며 환호한다. 그리고 그대로

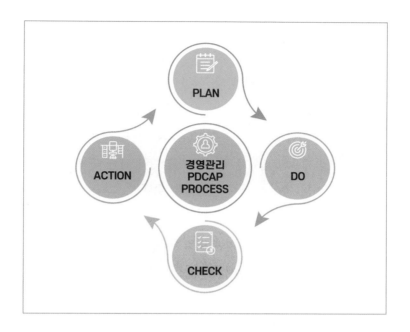

따르면 나도 성공할 거라는 생각을 한다. 그렇지만 어떤가, 또다시 원점으로 회귀한 채, '그럼, 그렇지, 뭐' '그냥, 그때, 그때 필요한 대로 살면 되는 거 아닌가?' 이런 상태에 빠진다. 나는 이것을 시간 관리의 늪이라고 말하고 싶다. 시간관리라는 늪에 빠진 사람의 특징은 연말연시에 플래너나 다이어리를 매번 구입하고 도전적으로 해보겠다는 결심을 하지만, 뒤로 갈수록 플래너는 공백으로 남겨지는 경우가 대부분이다. 그래서 사람들은 실패의 감정을 반복해서 갖게 된다.

세뇌당한 시간 관리

시간 관리의 핵심은 단 하나, '성공하는 삶'을 추구하는 것이다. 성공을 다양하게 말할 수 있지만, 성공의 이면에 강력하게 자리 잡고 있는 말이 있다. 그것은 '경쟁'이다. 경쟁에서 살아남기 위해 기업은 목표를 세우고 직원은 하위목표를 세워 기한 내에 달성해야 한다. 더 나아가 자신과 가족의 행복을 위해 또, 다른 무엇인가에 도전하기 위해, 철저한 시간 관리가 필요한 절박한 상황에 직면한다. 결국, 시간 관리는 성공이란 미명 아래 자기 착취의 함정에 봉착하게 될 뿐이다. 정치, 경제, 문화, 스포츠, 예술 등 모든 분야에 걸쳐 시간 관리에 세뇌당한 사회 속에 우리는 살고 있다.

밥 버포드는 '피터 드러커에게 인생 경영 수업을 받다'라는 책을 통해 피터 드러커의 말년을 그리고 있다. 그는 피터의 말년이 어떠했는지에 대해 강력한 힌트를 제공한다. 피터는 자신의 이론의 한계가 명확했다는 것, 일반적인 회사에서 구현하기가 불가능하다는 것을 알게 된다. 그래서 그는 말년을 비영리단체에서 활동하게 된다.

경영의 본질은 사람을 널리 이롭게 하는 것인데, 기업은 이익이라는 굴레를 절대 벗어나지 못한다는 것을 인정하게 된다. 자신이 말하는 '성과를 지배하는 것'이 요원하다는 것을 알게 되지만, 이 사실을 마음으로는 인정해도 말로는 선언하지 못한다.

당연하다. 자신의 이론이 기업에서 얼마나 칭송을 받았는데, 스스로 부정할 수 있겠는가? 그의 이론을 받아들인 기업은 그의 정신과 이론을 돈벌이를 위해 변형시켰다.

시간 관리도 마찬가지의 배경을 갖는다. 성공이라는 가면을 쓴 채, 수많은 사람을 세뇌시켰다. '당신도 성공할 수 있다. 당신이 시간을 지배하기만 하면' 성공을 바라지 않는 사람이 어디에 있겠는가? 성공 심리의 함정에 빠뜨린 결과는 현재 당신이 보는 바와 같은 정치, 경제, 교육 등 인간의 모든 영역에서 악순환을 재생산해 내고 있지 않은가?

빅터 프랭클은 "본능은 유전자를 통해 전달되고 가치는 전통을 통해 전달되지만, 의미는 특이하게도 개인적인 발견의 문제"라고 말했다. 그러므로 누구나 추구하는 행복은 자신의 행위에 대해 순간순간 의미를 발견할 때 행복의 길을 발견하게 된다.

우리나라 중·고등학교 과정 6년은 인권 학대에 적응하도록 가르치는 시기다. 교육은 학생의 고유한 개성·취향을 이끌어내야 한다. 그러나 현실은 어떤가? 주도적 학습, 창의 등의 슬로건을 외치지만, 놀랍게도 학교에 들어가면 개성 있는 아이가 개성 없는 아이가 되어 나온다. 그 원인은 무엇인가? 어떤 미사여구를 갖다 붙여도 학교 교육의 종착지는 대학이라는 획일적인 일방통행이다. 이러한 결과는 철저한 성적 경쟁, 순위 경쟁, 입시경쟁에서 나온다. 엄연한 서열이 존재하는 대학, 종국에는 자기혐오를 부추기는 교육으로 변질되고 말 뿐이다.

자기혐오는 이 사회에 만연한 사회적 질병이다. 경쟁(입시) 교육이 자기혐오를 양산하는 심각한 결과를 자초했다. 자기혐오는 자기 착취의 변형이다. 노예는 물리적 폭력에 의한 착취의 대상이지만, 자기혐오는 자신의 내면에 노예 감독관을 두고 생각, 느낌, 감수성, 열망, 무의식까지 착취한다. 자기 착취는 이처럼 무섭다. 외부로부터의 착취에는 저항이 가능한데 내면의 착취에는 저항이 아니라 죄의식을 가져오게 된다.

앞서 말한 것과 같이 MZ 세대는 기성세대의 외적 착취에 대해 공정·정의라는 칼로 맞서 당당하게 싸우는 존재 같아 보인다. 그러나 그들의 내면에는 심각한 자기혐오와 자기 착취라는 굴레에 갇힌 채, 사회에 대한 불만과 미래에 대한 불투명성에 함몰된 세대라고 할 수 있다.

대학생이 되었지만 지난 중·고등학교 과정을 지나오는 동안, 자신의 가치와 재능을 제대로 인정받거나 개발하지 못하고, 자기 혐오로 깊은 죄의식에 사로잡혀 방황하는 친구들이 너무 많다. 대학을 통해 자신을 조율할 기회를 얻지 못하고 사회에 나아간들 그 결과는 자명할 뿐이다.

유엔 무역 개발 회의UNCTAD는 2021년 7월 2일 스위스 제네바에서 열린 제68차 무역 개발이사회에서 한국의 지위를 개발도상국에서 선진국 그룹(그룹 B)으로 변경했다. 선진국이란 '정치·경제·문화 등이 발달하여 타국의 원조에 의존함이 없이 자립하는 나라'로 '국민의 발달 수준이나 삶의 질이 높은 국가'를 일컫는 말이다. 그런데 당신은 선진국이란 말에 공감이 가는가? 왜 많은 국민은 박수는 보내지만 공감하지 못하는 걸까?

2020년 한 해 산업재해로 사망한 사람이 2,062명, 지난 한 해 전국 체불임금 총액은 1조 5천830억 원, 2021년 최저시급은 8,720원이다. 연평균 노동시간은 1,908시간으로 세계에서 가장 길다. 우리나라 헌법 제10조는 '모든 국민은 인간으로서의 존엄과 가치를 가지며, 행복을 추구할 권리를 가진다. 국가는 개인이 가지는 불가침의 기본적 인권을 확인하고 이를 보장할 의무를 진다.'고 했는데 정말 우리 국민 5,178만 명은 그렇게 공감하고 있을까?

2021년 자살 예방 백서 '2020년 대한민국 국민의 연간 자살자 수가 세계 최고 수준인 연간 13,081명, 세계 최저 출산율과 노동자 연간 노동시간이 10,927시간' 이를 두고 단순히 인구가 5천만이 넘고 국민소득이 3만 달러는 넘었으니 선진국이라고 환호할 수 있을까?

이와 같이 성공이란 미명 하에 시간 관리에 세뇌당한 결과는 너무나 비참하다. 언제까지 세뇌에 갇혀 있어야 할까? 지금, 여기, 우리 가운데서 중대한 선택을 해야만 한다. 시간 관리를 선택하든지, 시간 조율을 선택하든지, 그 결과는 원칙이 지배하게 된다.

행복이란 무엇인가? '내 삶은 소중하다' 이것 하나로 정의하기에 충분하다. 사람은 성공하기 위해 태어난 존재가 아니라, 이미 성공적으로 태어났다. 이 사실을 믿는 관계의 행위, 이것을 조율이라고 한다. 자신을 소중한 존재로 인식하게 되면, 시간은 더 이상 관리의 대상이 아니라 조율의 대상이 된다. 행복을 찾기 위해 자신에게 주어진 시간과 조율의 과정을 통과해야 한다. 타인과 사회 그리고 환경과도 마찬가지다. 이 조율 과정이 시작될 때 비로소 행복과 만족, 안정감을 누리게 되며 참된 의미를 갖게 된다.

'조율'調律;Tuning이란 말에는 여백이 느껴진다. 타협할 수 있는 여지가 엿보인다. 반드시 그렇게 해야만 한다는 강박적 감정을 제공하는 것이 관리적 측면이라면, 조율은 여백이 있어 조화를 추구할 수 있는 가능성을 충분하게 제공한다.

마찬가지로 시간은 관리의 대상이 아니라 조율의 대상이라고 해야 한다. 왜냐하면 사람은 유기적인 존재이기 때문이다. '일이나 의견 따위를 적절하게 다루어 조화롭게 하고', '악기의 음을 일정한 표준음에 맞도록 고르는 일'을 조율이라고 정의한다. 앞에서도 언급하였듯이 오케스트라의 연주는 개인의 연주 실력만으로 가능한 일이 아니다. 개인의 연주와 더불어 다른 악기와 협업이 필요하기 때문이다. 절대적으로 수반되는 행위 곧, '조율'의 과정을 반드시 가져야 하며, 지휘자의 지휘에 따라 악곡이 연주되어야 한다. 이와 같이 조율은 개인의 행복만이 아니라, 관련된 모든 사람의 행복과도 직결되어, 아름다운 세상을 조금씩 만들어 가는 것이다.

조율은 언제 해야 하는가?

정해진 시점에 조율해야 하는 것이 아니다. 살아가는 삶의 과정에서 듣기 불편한 잡음만이 흘러나온다면 과감하게 조율해야 한다. 예를 들어, 현을 사용하는 악기는 오랫동안 사용하거나 혹은 방치해 놓았을 때, 각 현의 고유한 음정이 온도와 습도 등에 의해 변하게 된다. 그 상태로 연주한다 해도 듣기 불편한 소리만 나온다. 우리는 마치 현악기와 같다. 수시로 튜닝을 해줘야 한다.

성공이란 미명 아래 경쟁에 내몰리고 급기야 자기혐오를 가진 채, 대학에 입학한 당신, 지금이 바로 조율의 시점이다. 직장인이라면 행복하지 않다고 느끼는 지금이 조율의 시점이다. 조율은 현재 시점을 매우 중요하게 여긴다. 현재 시점에서 자신에게 주어진 삶의 과정을 조율함으로써 지난 삶을 정리하고, 다가올 미래를 대비함으로, 새로운 삶에 열정이란 동기부여를 받게 된다. 조율은 스스로 할 수 있지만, 효과적인 조율은 코치라는 파트너를 옆에 두어야 한다. 시간 관리의 시대는 끝났다. 이제는 조율의 시대를 살아야 한다.

시간 관리의 시대는 끝났다.
이제는 시간 조율의 시대다.

대청호 '잃어버린 시간과 생명 II', 2021-02-16. 오후 4:45, 작가·김재길

나는 시간을 찍는다

사진, 시간이 담긴 결과물

생각지 못한 기회에 오래된 흑백사진 한 장을 보게 될 때가 있다. 그 안에는 숨 쉬고 있는 어린 시절의 모습이 고스란히 담겨 있다. 앳돼 보이는 작은 소년의 얼굴에 오십이 넘은 중년의 얼굴이 투영되며 깊은 상념에 빠져들게 만든다. 감춰졌던 부모님의 기억을 회상하게 하고, 온갖 희로애락喜怒哀樂으로 꿈틀대던 집안의 풍경과 냄새까지 기억하게 하는 힘, 그것은 사진 한 장이 가진 힘이라고 할 수 있다.

단순히 한 장면을 포착한 걸까? 사진은 그 순간을 품고 있을 뿐만 아니라, 일정 기간의 시간과 더불어 시간에 얽힌 역사와 이야기를 품고 있다. 그래서 사진은 시간을 담은 결과물이라고 할 수 있다.

독일의 요한 잔에 의해 1685년 최초의 실용적인 사진기가 개발된 뒤, 약 142년이 지난 1826년 조제프 니세포어와 루이 다 게레가 공동으로 최초의 인화가 가능한 사진기를 발명하여 촬영에 성공한다. 이렇게 사진기의 발전이 거듭되면서 사진은 역사에 많은 영향력을 끼치게 되고, 기록의 역사에 새로운 획을 긋게 되는 지대한 공헌을 하게 된다.

요즘처럼 휴대폰의 카메라 성능이 좋아지고, 휴대성이 간편해지면서 남녀노소 구분 없이 사진을 찍는다. SNS에 게시할 사진을 원한다면, 언제든지 어떤 상황에서도 촬영할 수 있는 환경이 되었다. 특히 MZ 세대는 사진 열풍의 세대라고 할 수 있을 정도다. 자신만의 독특한 라이프스타일을 공유하기 위한 사진과 동영상을 촬영한다. 그뿐인가, 이러한 활동은 새로운 경제 트렌드로 자리한 지 오래다.

좁은 땅이지만, 4계절의 변화가 뚜렷한 우리나라는 아름다운 풍경을 자랑하는 촬영지가 곳곳에 산재해 있다. 자신이 표현하고 싶은 풍경을 촬영하려는 사진작가의 열정을 곳곳에서 만날 수 있다. 심지어 인기 있는 촬영지는 사진작가로 인산인해를 이루기도 하고, 때때로 웃지 못할 일이 벌어지기도 한다. 원하던 작품을 촬영하는 경우도 있지만, 자신이 기대했던 작품을 촬영하지 못했을지라도 촬영 그 자체로 행복해하는 모습을 볼 수 있다.

풍경 사진 촬영을 취미로 가진 사진작가의 일상은 언제나 반복적이다.

- 자신이 촬영하고 싶은 장소, 피사체와 부제 선정
- 수시로 기상청에 접속하여 그 지역의 일기예보를 반복적으로 확인
- 당일의 최고온도와 풍속, 구름의 상태 확인
- 다음 날 아침 최저 온도와 풍속, 습도와 구름의 상태 확인
- 계절에 따라 비와 눈, 결빙 온도 확인
- 일출 시간과 일출 각도를 확인하여 촬영 시간 결정

이와 같이 다양한 부분을 세심하게 관찰한 뒤, 조건에 부합하는 촬영 일자를 선택한다. 물론 촬영 현장에서의 결과는 자신이 판단한 결과와 일치하는 경우도 있지만, 문제는 복잡한 과정을

거치고도 현장에서는 예상과 다른 상황을 맞으며 한숨을 내쉬는 경우가 허다하다. 나도 이런 풍경 사진작가 중의 한 명이다. 단순히 한 장의 사진을 담는 행위지만, 이 과정에는 수많은 조율의 단계가 존재한다. 단연코 사진은 조율의 결과다.

사진, 시간 조율의 결과물

풍경 사진 촬영은 세심한 시간 조율이 필요한 작업이다. 위에서 말한 것보다 더 세심한 조율 말이다. 아무 때나 무턱대고 카메라만 들고 나간다고 될 일이 아니다. 사진뿐만이 아니라 모든 생산 활동은 시간 조율이란 과정을 통과해야 하는데, 풍경 사진 촬영을 위한 몇 가지 조율 과정은 다음과 같다.

첫째, 자신과의 조율

사진을 직업으로 하지 않는 한, 풍경 사진 촬영은 취미 그 자체다. 취미는 취미 그 이상이 아니기 때문에 자신과의 조율에 세심한 관심을 기울여야 한다. 풍경 사진 촬영은 그 시간대가 매우 넓다. 일출 사진, 주경 사진, 일몰 사진 그리고 야경 사진까지 활동의 영역이 매우 넓기 때문에, 자신에게 주어진 시간과의 조율은 불가피하다. 직업의 근무환경에 따라 활용할 수 있는 시간을 확보하는 일은 대단히 중요하다.

예를 들어, 일출 사진을 촬영하려면 계절에 따라 일출 시간이 변화하기 때문에 출근 시간과의 충돌이 불가피하다. 때에 따라서 일출이 늦은 동절기에는 일출 사진 촬영을 포기해야 할 상황이 올 수 있다. 그래서 풍경 사진 촬영은 반드시 자신과의 조율, 즉 적정한 주간 촬영 횟수라는 협상이 필요하다. '주말과 휴일을 포함하여 주 2~3회 촬영을 한다.'든지 '기상 여건이 좋지 않은 경우에는 촬영을 깨끗이 포기한다.'는 등의 타협을 해야만 한다. 그렇지 않은 경우, 취미가 전도되어 정작 중요한 일을 방해받게 되는 상황이 발생할 수 있기 때문이다.

또한, 자신의 건강과 안전에도 깊은 관심을 두어야 한다. 풍경 사진 활동은 다양한 환경을 만나게 된다. 스스로 안전을 책임져야 하므로 위험한 장소에서의 촬영은 금해야 한다. 욕심을 갖게 되면, 다른 사람의 작품을 보면서 나도 더 좋은 작품을 촬영하고 싶다는 과한 유혹에 빠질 수 있다. 취미는 그 자체를 즐기는 것이 아닌가, 사진작가는 하나같이 "사진 촬영할 때만큼은 모든 것을 잊고 몰입할 수 있어 좋다. 스트레스도 씻어내고 자연 속을 거닐며 아름다운 장면을 촬영하는 일은 최상의 취미생활이다."라고 이구동성으로 말한다. 그 자체를 즐기고 재밌어야 할 일이, 과도

한 욕심으로 몸과 마음을 다치는 것은 실패한 취미활동이 된다.

둘째, 타인과의 조율

경제가 발전하고 사회 전반에 퍼진 워라벨work life balance, 즉 일과 생활이 균형 잡힌 삶을 지향하는 사람이 많아지면서 취미 활동도 다양해졌다. 취미의 종류는 헤아릴 수 없을 만큼 많아진 게 사실이다. '아, 이런 취미 생활도 있어?'라고 할 만큼 취미 활동은 다양하고 복잡해졌다. 심지어 취미 활동이 경제활동의 새로운 트렌드가 되기도 하고, 부업이 주업으로 전환되기도 한다.

취미 생활의 다양성과 몰입도는 또, 다른 사회문제를 불러오기도 한다. 낚시, 오토바이, 게임중독, 자동차 튜닝 그리고 사진 등의 취미는 아내가 가장 싫어하는 남편의 다섯 가지 취미 생활이라고 한다. 경제적 부담도 클 뿐만 아니라 가족과의 시간을 공유하지 못한다는 데 있다.

결국, 취미 생활로의 풍경 사진은 가족, 특히 배우자에 대한 배려가 매우 중요하다. 개인의 취미로 치부될 것이 아니라, 배우자와의 적절한 조율이 있어야 상호 간의 심리적 안정과 그에 따른 결과를 공유할 수 있게 된다.

셋째, 환경과의 조율

지구온난화, 해양오염, 수질오염, 대기오염 그리고 산림파괴 등
이 주요 환경문제로 지적되고 있다. 환경문제는 현세대뿐만 아니
라 미래세대까지 영향을 미친다는 점에서, 미래세대에 대한 현세
대의 책임을 요구하는 성격을 지니고 있다. 날로 심각해지는 환경
문제는 우리를 위협하고 있다. 이제 지구환경을 지키기 위해 나는
무엇을 해야 할까? 이 질문에 답을 해야만 한다. 이 문제는 누군
가의 몫이 아니라, 현재를 살고 있는 모든 구성원 그리고 나의 몫
이다.

특히, 풍경 사진 촬영은 자연과 불가분리의 관계다. 뷰파인더
를 통해 자연 현상의 아름다움을 촬영하는 것은 사진작가가 누
리는 특권이라고 할 수 있지만, 자연을 보호해야 하는 책임에서
자유로울 수 없다. 수년간 같은 장소를 방문하게 되는 경우가 많
다. 하지만, 촬영을 나갈 때마다 느끼는 것은 현장이 심각하게 변
하고 있다는 것을 체감할 수 있다.

자연은 스스로 회복할 능력이 있다. 국립공원이 입산을 통제
하고 휴식년을 제공하는 것은 자연이 스스로 회복할 기회를 제
공하려는 것이다. 인간의 물리적 폭력이 없으면 자연은 회복될 수

있다. 그럼에도 불구하고 풍경 사진 취미 활동이 대중화되면서 주요 촬영 포인트 주변이 훼손되고 쓰레기가 방치되는 일이 반복적으로 일어나고 있다. 자신만 좋은 사진을 촬영하겠다는 과도한 욕망이, 인근 원주민과의 소음으로 인한 다툼, 나무를 잘라내고 새 둥지를 들어내며, 꽃을 꺾는 일이 비일비재로 일어나니 심각한 일이 아닐 수 없다.

자연과의 조율은 어느 때보다도 절실하게 요구된다. 자연을 훼손하는 모든 행위에 대해 스스로 조율해야 한다. 그렇지 못하다면 카메라를 손에서 놓아야 할 것이다.

스티븐 코비가 말하는 '원칙 중심의 삶'이란 무엇인가? 원칙이 세상을 지배한다. 가치에 따라 나의 행동을 선택하지만, 그 결과는 원칙이 지배하는 것이라고 했다. 시간 조율은 바로 이와 같다. 모든 행동에 대한 조율, 그것이 단순한 취미 생활 일지라도 조율이 전제되어야 한다. 그렇지 않으면 원칙의 결과에 참담하게 받아야 하는 상황을 초래하게 된다는 것을 명심해야 한다.

나는 시간을 찍는 풍경 사진작가다. 한 장의 사진이 메모리 카드에 기록될 때마다 시간이 기록되는데 이것을 메타정보라고 한다. 사진 한 장에 담기는 물리적 시간은 찰나에 불과하다. 작가는 기록의 시간을 늘리기 위해 필터를 사용하여 1시간에 가까운 시간을 담아내기도 한다. 그러나 무엇보다 중요한 것은 사진 한 장의 정보와 함께 기록되는 수많은 조율의 관계를 볼 수 있어야 한다.

조율이 필요했다.

딸의 치과 치료로 수지에 다녀오던 날, 딸을 먼저 기차를 태워 집에
보냈다.
이때부터 조율을 위한 감정싸움이 치열했다.
서울 구경 가자는 아내, 코로나 때문에 안 된다는 나.
동대문에 옷 구경하고 싶다는 아내, 일몰 사진 찍고 싶은 남편
결국 시간이 문제다. 협상이 이뤄지는데…

안성목장의 '창고와 일몰', 2021-09-04. 오후 7:06, 작가·김재길

불협화음은 나에게서 나온다

젠 에거Jan Yager는 '7일, 168시간'이란 그의 책에서 시간 관리의 걸림돌로 미루기, 완벽주의, 부실한 계획, 완급조절 실패, 마음의 고통을 5대 악재라고 소개한다. 더불어 목표 과소평가, 목표 과대평가, 실패에 대한 두려움, 성공에 대한 두려움, 자존감 부족, 어수선함, 따분함, 잡동사니 등을 8대 위험요소라고 지목한다. 이것은 시간 관리의 측면에서 볼 때 충분한 공감과 동의를 끌어내는 것은 사실이다. 그러나 그것보다 더 근본적인 원인을 찾아야 할 필요가 있다.

시간 조율의 걸림돌은 무엇일까? 시간 조율의 모든 출발점이나 자신으로부터 시작된다는 사실에 대해 모두가 동의하겠지만, 진정한 시간 조율의 접근을 위한 방법은 제대로 제시하지 못하는 것도 사실이다.

시간 조율의 걸림돌은 '유혹'에서 그 근본 원인을 찾을 수 있다. 유혹誘惑;Temptation은 '누군가를 자기 쪽으로 끌어낸다는 점에서 생존의 가장 기초적인 행동' 또는 '꾀어서 마음을 현혹하거나, 좋지 않은 길로 이끄는 모든 행위'라고 정의한다. 유혹은 인류 역사를 관통하는 가장 치명적인 걸림돌로 작용하는데, 역사를 장식하는 모든 부정적 행위는 유혹에 기반을 둔 결과물이라고 해도 과언이 아니다.

유혹이란 말은 일반적으로 구매 욕구, 충동적 욕구 그리고 성적 욕구를 불러일으킬 때 종종 사용되는데, 오히려 유혹은 종교적 색채가 강하다. 기독교적인 관점에서 유혹은 태초의 인간 아담이 뱀의 유혹을 받게 되는 과정을 보여준다. 이 사건은 유혹에 빠진 결과가 얼마나 심각하게 인류에게 작용하는지를 잘 보여주고 있다.

유혹은 매우 은밀하고 원초적이며 강력한 힘을 가지고 있다. 인간의 생각과 행동을 결정하게 하는 강력한 힘을 발휘한다. 유혹은 정신세계에 작용하여 물질세계에 결과를 드러낸다. 보이지 않게 조용하게 다가와서 강력하게 작동한다. 유혹은 바로 당신 옆에 있다.

결국, 유혹은 당신 삶의 모든 방향을 부정적 결과로 이끌어 간다.

대학생에게 유혹이란?

중·고등학교를 졸업하고 대학에 갓 입학한 새내기, 사회에 첫 발을 내딛는 초보는 6년 동안 가정과 학교 그리고 학원이라는 굴레 속에서 수동적인 생활이었다. 얼마나 많은 학생이 자신의 삶에 주도적이었을까? 자신이 하고 싶어 하는 일, 잘할 수 있는 일에 얼마나 능동적이었을까? 리더의 비전이 조직 내 20% 미만의 구성원만이 공유하고 이해한다는 통계를 보면, 불과 소수의 학생만 주도적인 삶을 이끌어 왔을 것이라고 유추할 수 있다. 그러나 실제 내면을 들여다보면 20%의 소수도 강제적인 압박에서 탈출하고 싶어 한다. 새내기 대학생이 바라는 것은 무엇일까? 부모나 학교(학원)라는 강압된 틀로부터 자유롭기를 원한다. 실제로 그들은 강제당해 왔다고 느낀다.

학생의 심리상태를 이용한 마케팅은 경제활동이란 미명 하에 유혹의 정점을 찍고 있다. 긍정의 유·무를 떠나 철저하게 이들을 유혹하는 다양한 욕구를 자극한다.

코로나-19로 인해 집합·대면이 취소된 상황이지만, 대학 새내기들은 입학과 동시에 무방비 상태로 유혹에 노출된다. 대학 생활을 가이드로 위장된 O·T의 음주문화, 전통이란 이름을 빙자한 위계의 군대 문화에 노출된다. 그뿐만 아니라 자유라는 명목으로 온갖 뒤틀린 사회문화가 필터링 되지 못한 상태로 개개인의 가치관에 혼돈을 야기시키는 것은 비단 오늘만의 이야기가 아니다. 최근 MZ 세대로 일컫는 청년들은 이런 모든 것과 얽히고 싶지 않아 철저한 개인주의 성향을 보이기도 한다. 물론, 젊음의 기치를 활기차게 발휘하며, 자유롭게 자신의 가치를 찾는 일은 무한 긍정의 요소이다. 하지만, 대학은 진리를 탐구하며 사회에 공헌하고 가장 이상적인 사회를 추구하기 위한 담론이 있어야 한다. 그러나 대학은 오직 취업률에 모든 관심이 집중되어 있다. 대학 졸업장이 있으면 뭐 하나, 취업이 우선이지, 이런 사고가 만연해 있다. 대학을 평가하는 핵심 기준을 보면 안다. 얼마나 취업률을 달성했는지가 중요해진 지 오래다.

결국 대학생에게 유혹이란 이전에 경험해 보지 못했던 문화 속에서 형성되지 못한 가치관의 틀을 깨는 것이다. 가치관이 확고하다는 것은 유혹에 쉽게 넘어가지 않는 힘의 원천이다. 모두가 '예, Yes!'라고 대답할 때 가치관이 분명한 학생은 '아니오, No!'라고 대답할 수 있다. 자신의 말이나 행위에 대답할 능력 Responsibility을 갖는다.

유혹의 소리, 미루기

해야 할 일을 미루거나 연기하는 일은 시간을 잃어버리는 중대한 행위다. 미루기는 비단 대학생뿐만 아니라 모든 사람의 삶을 무기력하게 만드는 요소다. 대학생인 우리는 학습의 성취를 위해 무엇을 해야 하는지 잘 알고 있다. 문제는 그 일을 계속 미루다, 미루다가 더 이상 남은 시간이 없을 때까지 미루는 것이다. 대학 생활에서 가장 가치 있는 일 중의 하나는 지금, 여기에서 끝내려고 하는 적당한 압박감Stress이다. 압박은 미룸의 반대 개념이며, 연기되는 것을 극복하는 가장 강력한 요소다.

미루기가 습관처럼 몸에 밴 학생은 수많은 핑계를 댄다. 무슨 중요한 일이 그렇게도 많은지 어쩔 수 없어서 그랬다고 하소연하는데, 사실 하기 싫다고 저항하는 것이다. 그러다가 "미루지 말았어야 했는데"라고 후회할 때, 남학생은 입대를 생각하고 여학생은 휴학을 입에 담는다. 어학연수, 워킹홀리데이 등을 말하며 피할 곳을 찾는다.

미루기는 우리의 내면에 속삭이는 강력한 유혹이다. 이 유혹이 잃어버린 시간을 양산하고 후회의 감정을 증대시킨다.

미루기라는 유혹을 극복하기 위해서 자신이 피하려고 했던, 그 일을 최우선 순위에 두어야 한다. 마크 트웨인은 이렇게 말했다. "매일 아침 당신이 가장 먼저 하는 일이 살아 있는 개구리를 먹는 것이라면, 당신은 하루 종일 그것보다 나쁜 일은 더 이상 일어나지 않을 것이라고 자신을 위로하면서 하루를 보낼 수 있을 것이다." 브라이언 트레이시는 마크 트웨인의 말을 인용하면서 이렇게 말한다. "두 마리 개구리를 먹어야 한다면, 더 보기 싫은 개구리부터 먼저 먹어라." 두 사람이 강조하는 것은 당신 앞에 두 가지 중요한 일이 있다면, 그중에 더 크고 어렵고 중요한 것부터 먼저 시작하라는 뜻이다.

무엇을 먼저 할 것인지가 결정되었는가, 바로 시작하라. 다른 일(학습)에 들어가기 전에 그 일이 완전히 끝날 때까지 지속하는 훈련을 해야 한다. 그렇게 할 때 유혹Temptation은 시험Test으로 바뀌게 된다. 유혹은 부정적 결과를 양산하지만, 시험은 긍정적 결과로 이끌 수 있는 동기부여가 된다는 것을 알아야 한다.

나는 코칭의 순간, 고객에게 한 가지를 요청한다. '당신이 오늘 세운 목표를 완성했을 때, 자신에게 선물을 준다면 무엇을 주겠는가.' 다시 말해서 보상계획을 세우라는 것이다. 적당한 보상계획은 미루기를 멈추게 하고, 지속적인 연료가 되어 당신에게 그 일을 지속하게 하는 에너지가 된다.

유혹을 이기는 강력한 힘; 태도

태도態度;attitude란 어떤 일이나 상황에 직면했을 때, 가지는 입장이나 자세를 말한다. 태도는 기대한 결과를 도출하는 데 있어서 평가되는 중요한 척도로 사용되는데, 그릿Grit이라는 영어단어와 유사한 개념을 갖는다.

태도가 좋은 사람은 어느 자리에 있든지 빛이 난다. 한때 최고의 직장이라고 생각했던 회사에 다니던 사람도 하루아침에 실업자가 될 수 있고, 많은 자산을 가졌던 사람도 어느 순간 다 잃어버릴 수도 있다. 그렇지만, 삶에 대한 진지한 태도는 평생 가장 든든한 자산이며 가장 아름다운 무기가 된다. 나는 지방의 한 사립대학에서 일했다. 사실 대학 서열로 따지면 별 볼 일 없는 대학이

시간을 연주하라!

다. 그러나 이 대학은 어떤 대학과도 비교할 수 없는 분명한 태도를 가지고 있었기 때문에 여타의 대학보다 소중하고 사랑스러운 학교였다.

이 대학에 입학한 학생은 수능이나 수시에서 내세울 수 없는 성적을 가졌다. 그럼에도 태도가 분명한 학생은 지방 사립대학임에도 불구하고 성공적인 삶을 이끌어가는 모습을 볼 수 있었다. 그래서 태도는 그 사람의 인생과 평판을 좌우하는 중요한 요소다.

경향신문의 선임기자, 유인경은 말한다. "태도에 정답은 없다. 그러나 태도 때문에 어떤 사람은 매장이 되기도 하고, 어떤 사람은 영웅이 되기도 한다. 직장 생활을 돌아봤을 때, 어떤 사람을 기억하는 건 그 사람의 업무나 성과라기보다는 그 사람의 태도였다. 태도를 조금 바꿔서 행복해진 사람이 많다. 태도는 내가 타인을 대하는 방식이기도 하지만, 동시에 나를 대하는 삶의 방향이기도 하다." 대학생에게 발견할 수 있는 태도의 변화는 그의 미래를 좌우할 만큼 큰 힘을 제공한다.

대학에서 만난 학생 가운데 헤비타트 봉사활동에 참여한 학생은 분명 다른 태도를 가지고 있었다. 외부의 경제적 도움 없이 순수 자비량으로 봉사해야 하는 단체였다. 필리핀, 캄보디아 등

타국으로 집짓기 봉사활동을 가기 위해서는 항공료, 체제 비용, 봉사활동 비용 등을 스스로 부담해야 하는 상황이다. 이들을 이끌어야 하는 입장으로는 부담될 수밖에 없는 상황이었다. 그들에게 의견을 물었다. 모두가 자비량 부담에 동의했다. 장학금 전체를 부담하는 학생이 있는가 하면, 아르바이트에 뛰어들어 비용을 준비한다. 타인을 위해 집을 짓는 것의 필요를 대하는 봉사대원의 태도는 너무나 선명했다. 이 중에는 지금도 태국과 캄보디아 그리고 미얀마에서 봉사하고 있다.

태도는 다른 사람을 바꾸는 것보다 나를 바꾸는 것이 훨씬 더 빠르고 편하다. 주어진 상황에 불평하거나 타인에 대한 불만을 말하기 전에 분명하게 지향할 나의 태도를 찾아야 한다. 유인경 작가는 '쿨하게 사과하라, 단순하게 생각하라, 수시로 감탄하라, 부드럽게 대해라. 긍정적 생각이 웃음을 부른다.'라는 5가지 태도의 힘을 말했다.

주어진 학업, 미래에 대한 자신의 목표, 주변의 관계된 사람, 가족 그리고 자신과 관계된 사람 사이에서 어떤 태도를 가질 것인가? 이것이 결정되는 순간, 당신에게 다가오는 유혹Temptation은 시험Test으로 바뀌게 된다. 이 시험은 당신의 삶을 탁월하게 이끄는 계기가 된다.

유혹을 이기는 강력한 힘; 그릿

그릿Grit은 성공에 결정적인 영향을 미치는 투지 또는 용기를 뜻하며, 성장Grow, 회복력Resilience, 내재적 동기Intrinsic Motivation, 끈기Tenacity의 이니셜로 합성한 단어다. 그릿은 단순한 열정이나 근성뿐만 아니라, 담대함과 낙담하지 않고 매달리는 끈기 등을 포함하는 자질을 말한다. 축약하면 '노력의 꾸준함Perseverance of Effort'이라고 할 수 있다. '노력의 꾸준함'은 성취로 가는 길에 있는 장애나 장벽을 극복하게 하고, 성취 실현에 대한 추동력으로 작용한다.

코로나-19로 인해 마치 지구가 멈춘 것 같은 경험을 하고 있다. 모든 학교가 등교를 멈췄고, 인터넷 강의를 진행했다. 이런 세상이 올 것이라는 상상을 해보지 않았다. 모두가 놀라고 당황할 수밖에 없는 세상이다. 활기차던 대학가도 마찬가지로 한순간에 적막해졌다. 학생들은 학교에 가지 않는다는 사실 하나로 좋아하지만, 사람들은 아무것도 할 수 없는, 한 번도 경험하지 못한 세상을 경험하고 있다고 말한다. 놀라운 것은 이러한 상황에서도 더 많은 가능성이 회자되고 기회가 존재함을 보여주고 있다.

인간 역사상 유례없는 상황이지만, 사실 더 많은 선택과 기회가 오고 있다는 것이다. 그런데도 더욱 강력하게 유혹의 손짓을 보낸다. 아무것도 할 수 없는 세상이라고, 희망은 어디에서 찾아야 하는지 한탄의 소리로 아우성친다.

펜데믹 상황이 아니더라도 개인에 따라 잃어버린 상태로 정지된 시간을 보내는 경우가 많다. 대학생은 어떤가? 대학에 입학하고 여전히 멈춰버린 고장 난 시계는 아닌가, 그릿은 '노력의 꾸준함'이라는 것을 기억해야 한다.

기숙사 4학년생을 대상으로 한 코칭 프로그램에서 물리학과에 재학 중인 여학생을 만났다. 여학생은 '졸업과 동시에 국내선 항공사의 스튜어디스가 된다.'라는 목표를 설정했다. 현실을 점검하고 두 가지의 옵션을 확정했다. 첫 번째는 지구력과 근력을 갖추기 위해 검도와 수영을 지속하기, 두 번째는 영어 실력의 향상을 위해 토익과 회화에 집중하기였다. 매주 코칭 만남을 통해 점검과 격려의 시간을 가졌다. 졸업 직전에 대한항공, 아시아나항공에 지원했지만, 계속 실패했고 외국 항공사 중에 아시아권의 항공사에서 계속 실패했다. 이때가 바로 태도와 그릿이 발휘되어야 할 시점이다. '노력의 꾸준함'을 통해 여학생은 결국 오만 항공 OMAN AIR 입사에 성공하게 된다.

노력의 꾸준함을 지향하는 삶의 방식은 명확한 결과를 끌어
낸다. 멈추고 있는 목표가 있는가, 희망을 찾지 못해 방황하는가?
모든 것을 놓고 싶을 때 그릿을 발휘함으로 유혹Temptation이 시
험Test으로 바뀌게 된다. 이 시험은 당신의 삶을 탁월하게 이끄는
기회가 된다.

태도는 유혹Temptation을 시험Test으로 바꾸고
태도는 진정한 삶의 결과로 이끄는 방식이다.

금강의 '유채꽃', 2020-04-26. 오후 5:30, 작가·김재길

성격대로 시간을 조율하라

"저 친구가 왜 그런 줄 알아? 성질머리가 그 모양이라서 그래"
이런 말을 들어본 경험이 있는가? 시간을 잃어버린 채 방황하는
상대방을 바라보며 수군거리는 말이다. 잘못된 행동으로 자신의
삶을 그르치는 모습에 대한 주변 사람들이 결론처럼 '그 사람의
성격'이 문제라고 말한다. 성격이란, 그 사람을 둘러싸고 있는 환
경에 대하여 특정한 행동 형태를 나타내며, 그것을 유지하고 발
전시킨 개개인의 독특한 심리적 체계라고 한다. 그러므로 성격에
의해 말과 행동이 결정되며 일-업무, 학업, 진로-이나 인간관계 측
면에서 특정한 결과를 도출하게 된다.

나는 앞에서 잃어버린 시간을 언급했다. 잃어버린 시간이란 무엇인가? 시간을 허랑방탕하게 낭비한 것, 무의미하고 무가치하게 보낸 것도 잃어버린 시간이다. 반복하고 싶지 않은 실수, 지워버리고 싶은 기억 역시 잃어버린 시간이다. 때로는 원한과 복수의 정신으로 보낸 세월, 무의미한 경쟁으로 소모전을 벌이거나, 착각과 오해로 차마 못 할 짓을 한 경우조차도 잃어버린 시간이다. 어떤 이는 하는 일마다 실패하는 경우도, 하는 일마다 성공하여 승승장구하였을지라도 잃어버린 시간이라고 말한다. 다시 말해 '잃어버린 시간'은 인간다운 삶 즉, 행복과 의미가 없는 상태라고 할 수 있다.

사람이 시간을 잃어버리는 이유는 무엇일까? 본래 사람은 세 가지 모습으로 존재한다. '내가 알고 있는 나', '타인이 알고 있는 나' 그리고 '본래의 나'라는 모습으로 말이다. 앞의 두 측면의 나는 일이나 관계에서 일상의 모습을 유지한다. 문제는 '본래의 나'의 모습에서 시간을 잃어버리는 말과 행동이 나오게 된다. 본래의 나는 긴박한 순간이나 중요하고 결정적인 순간에 나타나, 말과 행동을 결정한다. 이 결정이 건강할 때는 긍정적인 면으로 작동하지만, 건강하지 않은 상태에서는 지극히 부정적인 측면으로 작동되어, 시간을 잃어버리게 하는 역할을 한다.

대학생이 되면 모든 것이 잘 될 거라는 희망을 품고 시작하지만, 천만의 말이다. 수 없는 실패의 현장 속에서 허우적거리는 젊은이가 넘쳐난다. 성적에서 실패하고, 인간관계에서 실패하고, 경제적 상황에서 실패하고, 취업에 실패하며 미래에 대한 희망을 놓아버리는 경우가 허다하다. 잃어버린 시간 속에서 방황하는 청춘들을 쉽게 찾아볼 수 있다.

이런 면에서 모든 자기 계발서는 앞다투어 목표관리를 해야 한다. 시간 관리를 해야 한다고 강력하게 세뇌를 시킨다. 이런 세뇌로부터 자유로울 방법을 에니어그램 성격유형 검사를 통해 발견할 수 있다.

에니어그램은 사람의 성격유형을 9가지 분류하며, 유형에 따라 사용하는 에너지가 다르다고 말한다. 사용하는 에너지의 근원을 '힘의 중심'이라고 한다. 힘의 중심이란, 삶을 살아가는 데 있어서 에너지를 얻는 원천을 말한다. 5, 6, 7번 유형은 머리, 2, 3, 4번 유형은 가슴, 8, 9, 1번 유형은 장이라는 신체 기관과 관계가 있다. 주요한 문제를 해결하는 데에 있어서 머리형은 사고에, 가슴 형은 감정에, 장형은 본능에 의존하여 그 기능을 주로 사용한다.

두려움이란 힘의 중심 - 머리형(5, 6, 7번 유형)

머리형의 사람은 머리에서 힘이 나오는 사람이다. 이 유형의 사람은 사고의 기능을 사용해서 세상을 바라보고 해석한다. 사고의 기능은 비교하고 분석하는 것이다. 정보를 수집하고, 분류하고, 계획을 세우는 것을 좋아한다. 그래서 생각할 시간과 공간이 필요하기 때문에 사람들과 떨어져 있으려고 한다. 이들은 사람들이 시간과 공간을 허용하며 가까이하지 않을 때 존중받는다고 느낀다. 무엇이든지 머리로 이해되어야 행동할 수 있기 때문에 의사결정을 할 때도 논리적인 근거를 바탕으로 한다. 그래서 결정의 근거가 되는 정보에 관심이 많다. 이들을 대화할 때도 논리적인 근거나 자료를 인용하기를 좋아하고 객관적이고 냉정하게 말하는 경향을 보인다.

현명한 관찰자 5번 유형의 시간 개념

나는 현명하고 지적이며 통찰력이 있다고 여기는 유형으로, 지적이고 냉철한 관찰자로서 정확하게 의사결정을 내리며 이해력의 소유자다. 주제가 없는 이야기나 모임을 싫어하며, 말수가 적은 반면 신중하고 사려가 깊다. 깊이 탐구하고 문제의 핵심을 파고드는 재능이 있어 분석력과 창의력이 뛰어나다. 그렇지만, 사람과의 교류, 사람 앞에 나서는 것, 주목받는 것을 좋아하지 않는다.

이 유형은 마치 시계 속에 들어앉아서 일련의 소중한 순간이나 경험을 내려다보듯이 지켜보고 있다. 한정된 시간 내에 많은 것을 알려고 노력한다. 타인을 위해서, 혹은 사교적인 활동을 위해서 시간을 쓰는 것을 좋아하지 않는다.

이 유형의 시간 조율은 어디에서 출발해야 할까? 이 유형의 내면에서 들리는 소리는 '텅 빈 의식'이다. 나는 비었다. 그래서 채워야 한다는 집착에 빠지게 된다. 그렇기 때문에 무엇이든 머리로 이해하려는 것에서 벗어나 자신의 감정을 느끼도록 해야 한다. 삶에서부터 떨어져 있지 말고, 적극적으로 개입해서 활동에 뛰어들되 적극적 리더십을 발휘하도록 해야 한다. 운동이나 몸을 움직인 활동을 계획할 때, 건강한 시간 조율이 이뤄질 수 있다.

충직한 충성가 6번 유형의 시간 개념

나는 책임감이 강하고 조직에 충실하며, 안정 지향적이라고 여기는 유형이다. 꾸준한 노력을 통해 자신의 목표를 성취한다. 공동의 이익을 위해 자신을 내세우지 않으며, 법과 규칙(규범)을 중요하게 여긴다. 특히 갑작스러운 변화와 모험, 도전을 좋아하지 않는다. 위험을 감지하는데 민감하고 끊임없이 문제가 있는지를 찾는 유형이다.

이 유형은 시간이 상사이며 권위다. 시간에 복종하고 충실해야 한다. 정해진 시간 안에 끝내지 못하고 시간을 지키지 못하면 혼란 상태에 빠진다. 시간은 타인을 위한 책임과 의무를 이행하는 척도다.

이 유형의 시간 조율은 자기 확신을 가지고 적극적으로 행동하며, 자신의 결정을 신뢰하는 데서 출발한다. 자신의 강박 때문에 일어날 확률이 없는 일에 지나치게 많은 에너지(시간)를 낭비하고 있다는 것을 깨달아야 한다.

밝은 낙천주의자 7번 유형의 시간 개념

나는 다재다능한 낙천주의자라고 여기는 유형이다. 이 유형은 모든 것들을 기쁘고 낙천적으로 보며, 어떤 것도 심각하게 받아들이지 않는다. 놀기와 말하기를 좋아하며 사람의 기분을 들뜨게 하고 분위기를 활기 있게 만든다. 호기심과 상상력이 많아 신선한 기획력과 풍부한 아이디어를 생산한다.

이 유형은 즐거운 일을 할 때는 시간을 잊는다. 즐거움을 추구하다 시간 부족에 허덕이거나 피로해지기 쉽다. 고통스러운 일이 닥치면 시간이 정지된 것처럼 느껴지고 그 일을 곧 내팽개쳐 버린다.

이 유형의 시간 조율은 침착함을 찾는 데서 출발한다. 진정한 즐거움을 찾아야 하며, 현실을 보고 이상 세계에서 빠져나와야 한다. 삶에서 직면하는 고통을 피하지 말고, 인정하고, 받아들이는 훈련을 해야 한다. 평범한 것에서 삶의 의미와 즐거움을 찾아야 한다. 그래서 주기적으로 일상을 떠나 깊은 묵상의 시간을 갖는 것은 최상의 시간 조율의 요건이라 할 수 있다.

수치심이란 힘의 중심 - 가슴형(2, 3, 4번 유형)

가슴 중심의 사람은 심장의 에너지를 통해 사물을 받아들이고 인식한다. 이들은 사람들에게 따뜻한 인상을 주며 미소를 잘 짓는다. 자신의 이미지에 관심이 많아서 다른 사람에게 어떻게 받아들여질지에 신경을 많이 쓰고 주변의 평가나 의견에 영향을 많이 받는다.

가슴형은 사람에게 가까이 가려고 하며, 사람과의 관계를 통해서 자신의 존재를 확인하려고 한다. 그리고 친밀감을 느낄 때, 자신이 존중받는 느낌을 가진다. 이들은 결정을 내릴 때도 인간관계를 중요하게 여긴다. 그래서 자신의 결정이 주변 사람에게 어떠한 영향을 미칠지, 다른 사람이 어떻게 생각할지를 많이 고려하는 편이다 이들은 대화를 할 때에도 좋은 사람으로 보이기 위해 상냥하고 친절하게 말을 하는 경향이 있다.

자상한 사랑 주의자 2번 유형의 시간 개념

나는 친절하며 다른 사람에게 필요한 사람이라고 여기는 이 유형은 친절하고 관대하다. 진지하고 감정을 쉽게 드러내며, 사람의 기분을 잘 이해한다. 사랑, 친밀감, 가족, 우정 등에 관심이 많다. 따뜻한 감정을 잘 표현하며, 감정에 섬세하게 반응하고, 사람들에게 봉사하기 위해서 많은 노력을 쏟는다. 그러나 헌신에 대한 감사와 보답을 원하고, 그렇지 않은 때 분노를 느낀다. 다른 사람이 나를 어떻게 보는지가 최대의 관심인데 이는 수치심의 발로라고 할 수 있다.

이 유형은 시간을 개인적인 만남의 기회로 여긴다. 시간은 남을 도와주기 위해 있는 것으로 인식한다. 다른 사람을 돕고, 좋은 관계를 맺는 데에 쓰는 시간은 언제나 충분하다고 생각한다. 회의 때도 안건보다 인간관계가 더 중요하다고 여긴다.

이 유형의 시간 조율은 타인을 향한 시선을 자신에게 돌려야 한다. 자신의 내면을 돌아보고 자신의 모습, 태도, 의견, 감정 등을 과감하게 표출할 수 있어야 한다. 타인이 나를 어떻게 보고 평가할 것인가에서 벗어나 나 자신을 표현하는 것이 중요하다. 나를 위한 시간, 나를 표현할 수 있는 시간을 만들어갈 때 진정한 시간 조율이 가능해진다.

최선의 효율주의자 3번 유형의 시간 개념

나는 성공적이고 유능하며 적응을 잘하는 사람이라고 여기는 이 유형은, 유연하고 적응을 잘하며, 무엇보다 자신의 이미지에 관심이 많다. 타인에게 최선을 다하도록 격려하며 사기를 잘 북돋는다. 매우 목표 지향적이고 유능하며 일 처리가 빠르고 효율적이다. 자신이 하는 일에서 최고가 되기 위해 끊임없이 노력하며, 화술이 좋아 상황에 따라 자신을 연출하고 상대방 위주로 말과 행동을 한다. 반면에 실리를 추구하는 실질적인 사람이다.

이 유형에게 시간이란, 성취하기 위한 중요한 수단이고 자원이다. 부탁받은 일이 중대하고 주목받는 일이라면, 시간 내에 처리한다. 짧은 시간에 많은 일을 처리하는 것에 즐거움을 느낀다.

이 유형의 시간 조율은 자신을 성찰하는 데서 출발해야 한다. 모든 성공 지향적인 삶으로 인한 부정적 결과를 직면할 가능성이 매우 큰 유형이기 때문에 간혹 자신의 정체성을 잃어버릴 수 있다. 그래서 높은 신념의 종교 또는 깊은 묵상을 통한 자기 발견의 시간을 잊지 말아야 한다.

독창적 아웃사이더 4번 유형의 시간 개념

나는 특별하고 섬세하며 자신을 잘 알고 있다고 여기는 유형이다. 심미안이 고 개성적이며 창조적인 면이 강하다. 다른 사람의 내면 안에 있는 깊고 섬세한 감정과 교류할 수 있으며, 상징적인 표현을 잘하고 예술적인 감각이 탁월한 유형이다. 단, 감정의 기복이 심하게 나타나는 경우가 있다.

이 유형은 시간에 대해 매우 주관적이며, 정서적 강도에 따라 시간을 다룬다. 감정에 치우치다 보니 약속시간에 늦기가 쉽다. 감동이 없는 무미건조한 일이나 단순한 일을 하는 시간은 따분하고 견디기 어려워한다.

이 유형의 시간조율의 출발점은, 천상천하 유아독존이라는 자기중심에서 탈피해야 한다. 특별함과 독특함을 추구하는 경향이 짙기 때문에 창의적인 일에 관심을 두어야 하지만, 반면에 똑같은 일이 반복되는 일은 피해야 한다. 이 유형의 초점은 현재가 아니라 과거 또는 먼 미래에 머물기가 쉽다. 자신의 현재 상태를 파악하는 것이 시간 조율의 주요한 면이다.

분노라는 힘의 중심 장형(8, 9, 1번 유형)

장형은 장, 즉 배에서 나오는 에너지를 통해 세상을 보고 해석하는 사람이다. 배는 본능과 관계가 있다. 그래서 이들은 논리적으로 생각하고 계획을 세우기보다는 먼저 몸으로 부딪히는 행동파다. 몸의 반응이나 본능적인 느낌에 따라 즉각적으로 행동하는 것이다.

세상을 대하는 이들의 방식은 사람에게 대항하는 것이며 이들은 다른 사람에게 힘을 행사할 수 있을 때 존중받는다고 느낀다. 사람들은 이들에게서 종종 압도당하는 느낌을 느낀다. 의사결정을 할 때도 사람 중심이라기보다는 일 중심적이며, 주변 사람의 감정보다는 자신의 원칙에 따라 결정한다. 대화할 때도 공격적이거나 고압적인 말투로 기선을 제압한다.

강한 도전가 8번 유형의 시간 개념

나는 힘이 있다. 나는 강하다는 유형이다. 권위를 가진 지도자로서 자신감과 결단력이 있다. 정의감이 강하고 이를 행동으로 옮김으로써 세상에 좋은 영향력을 미칠 수 있다. 정직하고 솔직하며 현실을 파악하는 능력이 뛰어나다. 도량이 넓고 자신의 영향력 안에 있는 사람을 끝까지 책임진다. 반면에 힘에 집착하고 상황을 지배하려는 행동이 나타날 수 있다. 밖으로 나타나는 강함은 내면의 약함을 가리는 위장술이 될 수 있다.

이 유형은 시간에 통제당하기보다는 자신이 시간을 통제하기를 바란다. 중요한 일에 몰두하고 있으면 시간을 잊는다. 짧은 시간에 많은 주문을 받으면 통제 당한다는 생각 때문에 분노를 느낀다.

이 유형의 시간 조율은 강하게 보이려는 집착에서 벗어날 때 시작된다. 삶의 열매를 맺으려면, 순수함을 회복하고 자기 자신에게 정직해야 하며 타인에 대한 자비심을 가져야 한다. 타인을 통제의 수단으로 보지 말고 세워주어야 한다.

평화로운 화합 주의자 9번 유형의 시간 개념

나는 평화롭고 안정감 있으며 매사에 둥글둥글한 사람의 이 유형은 편안하고 침착하며 조용하다. 타인 앞에 나서지 않는 겸손, 수용적이며 가식이 없고 관대하다. 어떤 상황이나 사람에게서도 좋은 점을 발견하는 타고난 중재이지만 타인의 말을 잘 따라주는 것 같으나 내면에 고집스러움이 있다.

이 유형은 별다른 사건 없이 단조롭게 흐르는 시간이 가장 편하다. 급한 일을 부탁하며 시간의 흐름이 깨져 갈등에 빠지고 부담을 느껴 그 일을 내팽개치고 싶어 한다. 익숙한 일상에 갑작스러운 변화가 일어나는 것을 좋아하지 않는다.

이 유형의 시간 조율은 자아 존중으로부터 출발해야 한다. 이 유형은 갈등을 회피하기 때문에 게으름과 나태함에 빠질 가능성이 매우 높다. 자신의 게으름을 걱정하면서 계속 게으름에 머물다 보니 약속시간에 자주 늦는다. 그래서 우선순위를 결정하는 훈련을 해야 효율적이다. 차계부, 가계부 또는 셀프코칭을 스스로 적용하면 제 비용 고효율의 효과를 볼 수 있다.

올곧은 완벽주의자 1번 유형의 시간 개념

완벽함과 옳은 일을 해야 한다는 것에 집착한 나머지 강한 의

무감으로 모든 상황을 개선해주는 것을 자신의 짐으로 떠맡는다. 그래서 늘 긴장하고 심각해서 휴식을 취하기가 쉽지 않다.

이런 유형의 시간 개념은 어떨까? 시간에 늘 지배당하고 압도 당하고 있다고 느낀다. 일을 올바로 처리하기에는 시간이 부족하 므로 시간에 대해 분노를 느낀다. 맡은 의무를 다하기 위해 일과 후에도 일을 할 수 있다. 무엇인가 배워야 시간 낭비가 아니라고 생각한다.

이 유형의 시간 조율은 조용히 미소 지을 수 있는 산책의 시간 과 밝은 낙천주의자 유형과 함께 즐거운 것을 의도적으로 찾아야 한다. TV를 시청할 때도 다큐멘터리보다는 강력한 웃음을 제공 하는 프로그램을 시청해야 한다. 이런 면을 고려하여 시간을 조 율할 때 효과를 볼 수 있다.

자신의 성격을 아는 것은 이탈된 시간으로부터 정상적인 삶의 의미와 행복을 찾는 중요한 길이다. 앞에서 나는 나를 위한 코치 를 찾아야 하며, 코칭 스킬과 도구를 통해 인생 여정을 걸어야 한 다고 말한 바 있다. 성격유형 검사를 통해 나를 발견하는 것은 강 력한 나에 대한 피드백이 될 수 있다.

고등학교까지 우리는 대학 입시만을 위해 줄기차게 달려왔다. 정말 수고가 많았다. 이제 그 걸음을 멈추는 쉼표를 찍고, 나를 찾는 일에 과감히 자신을 투자해야 한다. 당신의 인생 여정을 풍부하게 만들게 될 것이다.

자신의 성격을 아는 것은
이탈된 시간으로부터
정상적인 삶의 의미와 행복을 찾는 중요한 길이다.

대둔산 '중첩', 2011-06-06. 오전 6:24, 작가 · 김재길

시간을 연주하라!

초판인쇄 2022년 1월 14일
초판발행 2022년 1월 21일

지은이 김재길
발행인 조현수
펴낸곳 도서출판 더로드
기획 조용재
마케팅 최관호
교열·교정 김현숙
디자인 문화마중

주소 경기도 고양시 일산동구 백석2동 1301-2
          넥스빌오피스텔 704호
전화 031-925-5366~7
팩스 031-925-5368
이메일 provence70@naver.com
등록번호 제2015-000135호
등록 2015년 6월 18일

정가 15,800원
ISBN 979-11-6338-216-4 (03810)

파본은 구입처나 본사에서 교환해드립니다.